Les Illustres Fils du Zodiaque

ŒUVRES PRINCIPALES

Les aventures de Harry Dickson
Les cercles de l'épouvante
La cité de l'indicible peur
Les contes du whisky
Les derniers contes de Canterbury
Les gardiens du gouffre
Le grand nocturne
Malpertuis
Le livre des fantômes
Le carrefour des maléfices
Les contes noirs du golf
La croisière des ombres
La gerbe noire
Visages et choses crépusculaires

Jean Ray

Harry Dickson
Les Illustres Fils du Zodiaque

suivi de

Le vampire qui chante

Librio

Texte intégral

Une édition intégrale de **Harry Dickson**, le **Sherlock Holmes** américain, est disponible aux Éditions Claude Lefrancq, Bruxelles

LES ILLUSTRES FILS DU ZODIAQUE

1. Les ennuis de Mr. Timothée Hull

— Un petit verre de cassis de France, Mrs. Crown ?

— Ce ne sera pas de refus, Mr. Hull, puisque vous avez la politesse de me l'offrir. Ce n'est pas dans mes habitudes, mais venant d'un gentleman comme vous, on se ferait scrupule de refuser.

Mr. Timothée Hull tenait une boutique d'épicerie dans l'étroite Barlow Street ; c'était un gentleman de la vieille école, aimable et honnête envers la clientèle, intransigeant sur la qualité des marchandises qu'il offrait en vente.

Veuf sans enfants depuis de nombreuses années, il n'avait pas renoué les liens de l'hymen, malgré les nombreuses et tendres convoitises qui entouraient sa personne et surtout sa rondelette fortune.

Il habitait une maison de bonne apparence, bien qu'un peu vieillotte, mais dont la façade tarabiscotée à l'ancienne attirait parfois les regards admiratifs de quelques personnes férues de choses du passé.

Mrs. Crown, la gouvernante du célèbre détective Harry Dickson, aimait à se fournir chez lui, parce qu'elle estimait qu'il ne faisait pas payer trop cher de la très bonne denrée, et parce qu'il l'entourait d'une considération respectueuse, à cause, sans doute, du maître qu'elle servait.

Ce jour-là, elle accepta le verre de cassis qu'elle sirota en connaissance de cause, dans l'agréable petite arrière-boutique remplie des chansons des canaris et vouée au rouge vif des géraniums en pots.

Quand elle eut vidé son verre et qu'elle fut prête à partir, Mr. Hull la força à se rasseoir et lui versa un second cassis.

Mrs. Crown protesta : elle voulait bien transgresser ses habitudes de sobriété en prenant un seul verre, mais deux...

— Non, jamais. Mr. Hull, ne me tentez pas !

L'épicier dodelina de la tête d'un air gêné.

— Voilà, Mrs. Crown, dit-il en toussant pour s'éclaircir la voix, j'ai comme on dirait quelque chose à vous demander.

La gouvernante, dont la curiosité s'éveilla à l'instant, prit néanmoins un air de prudente réserve.

— J'espère que vous voulez, comme toujours, vous conduire en gentleman, Mr. Hull, dit-elle sévèrement. Vous connaissez mes idées sur le mariage. Jamais, je ne quitterai mon bon et célèbre maître !

Mr. Hull rougit comme un écolier pris en faute.

— Ne vous méprenez pas, Mrs. Crown, répondit-il plaintivement ; vous êtes certainement la femme la plus digne d'illustrer le foyer d'un honnête homme, mais je ne songeais nullement à vous en demander autant. Je voulais simplement vous demander un service... un grand service.

Mrs. Crown accepta du geste et reprit une gorgée de liqueur.

— Vous êtes au service du plus grand détective du monde, reprit Mr. Hull, et un peu de sa célébrité rejaillit sur vous. A force de vivre à ses côtés, vous devez avoir appris à mieux juger les hommes et les choses, et je crois qu'on pourrait même vous soumettre un problème !

— Un problème ? s'écria la brave femme... Mais oui, après tout, ce ne serait pas la première fois que Mr. Dickson pousserait la condescendance jusqu'à vouloir écouter mes avis.

— Je le pensais bien ! s'écria l'épicier avec joie. Vous êtes une maîtresse femme, et je puis me confier à vous et tout attendre de vos conseils.

» Je vais donc vous raconter ce qui me tarabuste depuis plus d'une semaine.

» Pendant trois nuits de suite, quelqu'un a tracé des

lignes à la craie sur ma porte. Ce sont chaque fois deux traits parallèles et gondolés, tenez, comme ceci.

Mr. Hull prit son crayon et dessina les lignes sur l'envers d'une facture.

Mrs. Crown prit le dessin, le considéra d'un air critique puis le rendit à l'épicier en disant :

— Ce sont des gamins qui se sont amusés et cela ne signifie pas grand-chose.

Mr. Hull se gratta le menton d'un air rêveur.

— C'est ce que je me suis dit tout d'abord. Mais le quatrième jour, un nouveau signe se trouvait à la même place ; c'était une sorte de petite écrevisse très grossièrement dessinée. J'ai essuyé la craie et je suis rentré dans ma boutique. J'ai été très étonné en retournant à la rue de voir un nouveau dessin qui, cette fois-ci, rappelait les formes d'une balance.

— Gamineries, lança Mrs. Crown.

— Je serais tenté de le croire, mais j'ai eu d'autres sujets d'inquiétude.

» Ce même jour, comme je pesais de la farine et du sucre que j'emballais ensuite dans des sacs d'une et de deux livres, j'ai entendu un coup sec sur le comptoir et j'y ai vu un long couteau, fiché en plein dans le bois et qui tremblait encore sous le choc. Il n'avait dû me manquer que de quelques pouces.

» J'ai couru à la porte, mais Barlow Street était vide de toute présence.

» Ce soir-là, c'était celui de mon unique sortie hebdomadaire au cours de laquelle je vais passer quelques heures à la taverne du *Bon Apôtre*, dans Paradise Street, à deux pas d'ici. J'y joue quelques parties de dames avec Mr. Jermyn, le chapelier de Paddington Street, ou avec Mr. Sel, un gentleman qui est dans l'administration, car je ne touche jamais aux cartes.

— C'est très louable, dit la bonne dame.

— Il se peut, continua Mr. Hull, que je me sois imaginé des choses, mais il m'a semblé qu'en sortant de ma maison, qu'en m'arrêtant au coin pour regarder les images devant la fenêtre de la marchande de journaux, d'étranges bonshommes me reluquaient curieusement. Comme j'arrivais à la hauteur de la taverne du *Bon Apôtre*, il commençait à faire noir, et vous savez que Paradise Street n'est pas parmi les mieux éclairées de Londres, ni même du quartier.

» J'allais entrer quand un homme venu je ne sais d'où s'est approché rapidement de moi et m'a dit quelques mots en une langue étrangère, que je ne compris naturellement pas.

» Je me suis retourné mais il s'en allait déjà à grands pas et bientôt il a tourné le coin de la rue. Je vous le répète, Mrs. Crown, je n'avais pas compris ce qu'il me disait mais j'ai senti fort bien que l'intonation de sa voix était menaçante. A ce moment, un agent de police est entré dans la rue et j'ai eu l'intention de l'aborder. J'ai même fait quelques pas vers lui, mais à l'idée d'être ridicule, je me suis ravisé et je suis entré dans le bar où je suis resté jusqu'à l'heure de la fermeture, minuit.

» J'avais encore tout juste assez en mémoire les silhouettes des hommes qui m'avaient regardé et les mots menaçants mais incompréhensibles qu'on m'avait dits, pour regarder autour de moi avec circonspection, mais les rues étaient désertes, et j'ai regagné Barlow Street et ma maison sans encombre.

» J'ai des habitudes de grande prudence, dont vous serez la dernière à vous moquer, Mrs. Crown, puisque vous savez mieux que personne que le monde est rempli de mauvaises gens. Aussi, chaque soir, je fais une tournée d'inspection dans ma maison, tournée qui commence à la cave et finit au grenier.

» J'examine alors les fermetures des portes et des fenêtres et je sonde à coups de canne les moindres recoins. Jugez de ma stupeur quand j'ai trouvé, cloué au beau milieu du panneau de la porte de ma chambre à coucher, un petit objet en métal que j'ai conservé et que voici.

Il lui tendit une flèche minuscule découpée dans un mince morceau de tôle.

Mrs. Crown l'examina, la soupesa et rendit sa sentence :

— En elle-même, cette chose ne signifie rien, mais elle

démontre que quelqu'un s'est introduit chez vous pendant votre absence. Cela est grave.

Mr. Hull opina du bonnet.

— C'est la pure vérité, Mrs. Crown, quelqu'un est venu ici, mais pourquoi ?

La bonne gouvernante haussa les épaules.

— Mon maître, Mr. Harry Dickson, ne trouve pas non plus, dès la première seconde. Il réfléchit et des événements il tire alors des décoctions.

— Des déductions, rectifia modestement Mr. Hull.

— C'est la même chose. Donnez-moi ce morceau de fer, je réfléchirai et j'en tirerai les décoctions d'usage.

Mrs. Crown se leva, car l'heure du souper dans Baker Street s'approchait. Quand elle fut sur le seuil de la boutique, elle se retourna.

— Avez-vous un revolver, Mr. Hull ?

— Oui, Mrs. Crown, mais l'idée d'avoir à m'en servir me remplit de terreur.

— Enfantillages, riposta la bonne dame avec force, si quelqu'un s'introduit chez vous au cours de la nuit, soit en forçant vos portes, soit en escaladant les murs de votre cour, tirez sur lui sans hésiter !

L'épicier répondit d'une voix faible qu'il la remerciait pour son conseil et ferma derrière elle la porte de la rue, puis baissa son volet de fer.

Quand Mrs. Crown revint dans Baker Street, elle trouva son maître en conversation avec une jeune dame en manteau de voyage.

— Je vous attendais avec impatience, Mrs. Crown, dit Harry Dickson ; il vous faudra ajouter un couvert, car mademoiselle dîne avec nous.

La gouvernante jeta un regard de côté sur la visiteuse. Elle vit qu'elle avait un visage grave, des yeux clairs et francs, une bouche qui exprimait l'énergie, et qu'elle n'avait ni maquillage ni toilette tapageuse.

Cet examen dut avoir une heureuse influence sur le menu, car celui qui fut servi lui valut à la fois les compliments du maître, de son élève Tom Wills et également de l'étrangère.

— Vous vous tenez bien devant vos fourneaux, Mrs. Crown, dit cette dernière en souriant.

— Malgré qu'ils soient brûlants à vous faire fondre comme cire, répondit la gouvernante, mais pour réussir un gigot, il ne faut pas regarder à une pelle de charbon !

Sur ces mots, elle tira son mouchoir pour s'éponger le front, et, ce faisant, un petit objet métallique s'échappa de sa poche et tomba avec un bruit clair sur le plancher.

Avec une politesse exquise, la visiteuse se pencha, ramassa l'objet et allait le restituer à sa propriétaire, quand soudain ses yeux devinrent fixes.

— Qu'est-ce que c'est que cela ? demanda-t-elle d'une voix dure.

— C'est une flèche, répondit Mrs. Crown sèchement, car le ton de la question lui déplaisait. Rendez-la-moi.

Au lieu d'obéir, l'étrangère la tendit à Harry Dickson.

Mrs. Crown fut bien étonnée en voyant le détective s'en saisir, écarquiller les yeux, et donner un coup de poing sur la table.

— D'où tenez-vous cet objet, Mrs. Crown ? demanda-t-il d'une voix tout aussi dure que celle de son invitée.

La gouvernante comprit que c'était sérieux, et le souvenir des appréhensions de Mr. Hull lui revenant, elle s'empressa de raconter ce qui lui était arrivé.

Sa stupeur s'accrut en voyant son maître et l'étrangère se lever et exiger leurs chapeaux et leurs manteaux.

— Tom, ordonna Harry Dickson, nous allons immédiatement chez Hull dans Barlow Street. Téléphonez à Scotland Yard et dites que le surintendant vienne nous y rejoindre avec une escouade d'agents.

— J'espère que Mr. Hull n'est pas en danger ! s'écria Mrs. Crown, un si honnête homme qui ne s'est jamais remarié et qui est plein d'attentions pour les dames !

Mais ni le détective ni la jeune femme ne l'écoutaient. On les entendit descendre les escaliers en vitesse, puis courir dans la rue.

— Mr. Wills ! implora la gouvernante, est-ce vraiment si grave ?

Ordinairement, le jeune homme s'amusait à tourner

quelque peu en bourrique l'excellente ménagère, mais pour l'heure il se contenta de quelques mots pressés avant de décrocher le cornet du téléphone.

— Une terrible histoire..., je n'en sais pas davantage !

— Mon doux Jésus ! gémit la gouvernante en regagnant sa cuisine, l'esprit assiégé des plus macabres pensées.

Pendant ce temps, Harry Dickson et la jeune dame avaient atteint Barlow Street, en proie à l'obscurité et à la pluie.

La boutique de Timothée Hull était sombre et aucune lumière ne luisait aux fenêtres de l'étage. Harry Dickson tira le pied-de-biche et une grêle sonnette tinta. Personne ne vint ouvrir et aucun bruit ne s'éveilla dans la maison.

— J'espère qu'il dort, murmura la jeune femme ; sonnez encore, Mr. Dickson.

Un carillon frénétique éclata, mais resta également sans résultat.

A ce moment, un mugissement naquit au loin et s'approcha à toute vitesse : c'était l'automobile de police du Yard qui arrivait à grande allure.

Presque aussitôt, elle tourna le coin, s'approcha en trombe et s'arrêta à deux pas du détective dans un rugissement de freins bloqués ; Goodfield en descendit.

Harry Dickson lui murmura quelques mots à l'oreille.

— Déjà ! gronda le policier, que ne l'avons-nous su plus tôt ? Lord Dambridge sera dans tous ses états !

— Faites avancer vos hommes, Good, ordonna Dickson, et que l'on enfonce cette porte sans retard !

L'ordre fut exécuté aussitôt. La serrure fut forcée, puis un double verrou.

— Barrez la rue, dit le détective aux agents de police, il ne faut pas que quelqu'un s'approche de cette maison.

Il chercha le commutateur à tâtons et fit jaillir la lumière.

La boutique parut, proprette, bourrée de marchandises ; une bonne odeur d'épices et de salaisons flottait alentour.

— Rien ici, constata Goodfield, et il poussa la porte de l'arrière-boutique.

La lumière de la première pièce y pénétra avant elle et

frappa en plein le visage de Mr. Timothée Hull, assis tout habillé sur son fauteuil, son tablier bleu d'épicier bouffant sur sa poitrine.

— Mr. Hull ! s'écria le policier.

— Inutile, Goodfield, déclara Harry Dickson d'une voix sombre, il ne vous entend pas... Il n'entendra plus personne !

Le visage de Mr. Hull était calme mais pâle et seulement alors on remarqua les terribles taches : il avait eu la gorge percée à coups de tranchet.

— Que voulez-vous, observa froidement la jeune femme qui accompagnait Dickson, après le signe du Sagittaire, on ne doit s'attendre à rien d'autre !

Goodfield regarda le détective d'un air interrogateur.

— Il est juste que je vous présente l'un à l'autre, dit ce dernier : Goodfield, superintendant à Scotland Yard, un de nos plus brillants officiers de la police métropolitaine. Mlle Gilberte Lusseaux, du Quai des Orfèvres de Paris.

Goodfield salua, une lueur d'admiration dans les yeux.

— Gilberte Lusseaux ? La terreur des espions ! Mon Dieu, j'ai toujours rêvé de pouvoir vous être présenté un jour. Vous êtes « un as », comme on dit chez vous.

Mlle Lusseaux s'inclina légèrement et se retourna vers Harry Dickson.

— Pourquoi ont-ils tué ce pauvre bougre d'épicier ? demanda-t-elle ; savez-vous quelque chose sur le compte de feu Mr. Hull, messieurs de la police de Londres ?

— C'était un brave homme, dit Goodfield, ne possédant aucune ombre de malice.

— Parcourons la maison, proposa le détective.

Mais tout y était dans un ordre parfait ; tout y témoignait de l'esprit soigneux et méticuleux du défunt propriétaire. Même dans la chambre du crime, rien n'avait été bouleversé.

— Même aucune trace de lutte, murmura Harry Dickson. Et l'homme a été frappé en face. Dans un cas récent, je me suis trouvé devant des faits identiques : l'homme assassiné avait dû être tué par une créature dont il ne se défiait pas !

Goodfield fit remarquer les deux verres encore poissés de liqueur rouge.

— Les verres de cassis dont Mrs. Crown nous a parlé, dit Harry Dickson. Le crime a dû être commis peu après son départ puisque Hull, homme soigneux, n'avait pas encore nettoyé ces verres.

Le bruit d'une motocyclette éveilla les échos du dehors et un agent cycliste se présenta devant son chef.

— Lord Dambridge est au Yard, dit-il ; il prie Mr. Dickson d'aller l'y retrouver dès qu'il aura achevé sa première enquête. Il demande également que la dame qui l'accompagne vienne avec lui.

2. Conseil de nuit

Lord Dambridge, Premier ministre du Royaume, jouait un grand rôle à Scotland Yard. Dans les cas retentissants, il ne dédaignait pas de mettre lui-même la main à la pâte. Il arpentait fiévreusement le bureau qu'il s'était réservé au Yard, quand Harry Dickson, Goodfield et leur compagne furent annoncés.

Les yeux gris du grand chef luisirent de curiosité en voyant entrer Gilberte Lusseaux, qui lui fit une grave révérence.

— Je vous croyais moins jeune, mademoiselle Lusseaux, dit-il de cette voix coupante que ses inférieurs lui connaissaient bien. Dire que je ne suis au courant de votre arrivée, par le gouvernement français, que depuis la nuit dernière, et voici que vous allez déjà entrer en pleine action.

Il désigna Harry Dickson qui se tenait légèrement à l'écart.

— Vous allez travailler avec Mr. Dickson, dit-il. Notre grand détective m'a promis, ce matin même, son concours dans cette affaire.

— Je m'en doutais, répondit la jeune femme. Aussi me

suis-je rendue chez lui, dès mon arrivée à Londres. Le hasard a fait le reste.

— Hasard? se récria le détective... soit, je suis bien obligé de l'admettre pour le moment. Voici les faits, Excellence, ils compléteront ce que mon élève, Tom Wills, a dû vous apprendre par téléphone.

Et l'histoire de Mrs. Crown connut l'honneur d'être répétée devant l'homme le plus puissant d'Angleterre.

Quand le récit fut terminé, Mlle Lusseaux prit la parole.

— Voici enfin un acte de la mystérieuse et étrange bande du Zodiaque, dit-elle, et il se place en Angleterre. Je vais vous parler de cette ligue, entre toutes bizarre, bien que je craigne n'avoir rien de neuf à vous apprendre à son sujet.

» Nous savons qu'une ligue internationale existe: « Les Illustres Fils du Zodiaque ». Que veut-elle? De qui est-elle composée? Nous n'en savons rien. Nous ne savons qu'une chose: elle dispose de moyens financiers formidables.

» Dans ce cas, toute loge discrète devient redoutable. Jusqu'ici, la ligue s'est contentée de donner des signes, assez mesquins, de sa réelle puissance.

» Dans les bureaux les mieux fermés du Quai des Orfèvres, elle a laissé des signes qui sont toujours empruntés à la ceinture céleste du zodiaque.

» Chaque signe représente-t-il un homme, un délégué de cette puissance d'ombre?

» A première vue, on est tenté de le croire. Mais nous sommes pourtant arrivés à découvrir — et je vous avoue que ce n'était pas plus malin que cela — qu'un même signe s'adresse à un même département gouvernemental.

» Nous avons toujours retrouvé le signe de la Balance dans les bureaux de la rue des Saussaies ou de la place Dauphine, soit dans la police. Au département de la Justice, le Verseau; les deux lignes gondolées se situaient dans le département de la Marine. Le Sagittaire dans celui de la Guerre. Les autres y apparaissaient également mais en sous-ordres, dirait-on.

» Ces inconnus ont simplement voulu nous faire connaître qu'il n'y avait pas de portes fermées pour eux.

Pour démontrer leur puissance financière, ils ont déposé dans un réduit du ministère des Finances un vaste amas de lingots d'or; cela représentait une fortune. Conclusion : ils ne veulent pas d'argent.

— Comment l'idée vous est-elle venue qu'ils allaient s'en prendre à l'Angleterre, après la France ? demanda Lord Dambridge.

— Au ministère de la Marine, on conserve dans une armoire spéciale les pavillons de tous les pays, répondit Mlle Lusseaux. Hier matin, l'Union Jack en avait été retirée et épinglée sur un mur d'un bureau d'expéditionnaire, et constellée par les douze signes du zodiaque.

— Et voici qu'ils débutent en Angleterre en assassinant un pauvre petit épicier de Paddington, dit Goodfield.

Lord Dambridge se tourna vers Harry Dickson qui, jusque-là, avait gardé le silence.

— Avez-vous une idée, Mr. Dickson ? demanda-t-il.

Le détective hocha lentement la tête.

— Une puissance occulte et formidable, dit-il, mais... ne disposant pas encore de tous ses moyens.

— Pourquoi le pensez-vous, Mr. Dickson ? demanda Gilberte Lusseaux.

— L'assassinat de Timothée Hull !

— Mais pourquoi, pourquoi ? s'enfiévra la jeune femme.

— Parce qu'ils devaient obtenir encore quelque chose de Hull ou bien...

Il se tut soudain et fit signe à Goodfield d'approcher.

— L'épicier de Barlow Street n'a-t-il jamais eu de locataire ? demanda-t-il.

Goodfield fit un geste d'ignorance.

— Qu'attendez-vous pour téléphoner au service capable de vous renseigner, Mr. Goodfield, s'écria Lord Dambridge en le poussant vers l'appareil.

La question fut posée mais la réponse tarda quelque peu. Elle vint enfin, tandis que les yeux du grand chef s'emplissaient de lueurs d'orage, bien faites pour faire frémir le superintendant.

— Il y a quelques mois habitait encore chez lui un vieil homme du nom de Gusher, un Roumain-Bessarabien, mais il l'a mis à la porte parce qu'il ne payait plus son loyer.

— Gusher, murmura Harry Dickson, et son front se plissa. Attendez donc, le nom ne m'est pas inconnu. De fait, c'était un Français, qui eut maille à partir avec la justice de son pays dans le temps pour une affaire d'argent assez compliquée. Ah, j'y suis, son vrai nom ne s'oublie pas si vite, il s'appelait Soleil. Il s'occupait de recherches scientifiques et j'ai même lu, dans un magazine, d'assez bizarres articles signés de lui.

Lord Dambridge connaissait Dickson : en trop de circonstances, ils s'étaient trouvés ensemble, travaillant de pair. Il remarqua une lueur passagère dans ses yeux.

— Mr. Dickson, vous ne dites pas tout ! s'écria-t-il.

Harry Dickson ne releva ni la phrase ni le reproche ; il s'était assis devant le bureau, les coudes sur le bord, les mains soutenant le menton ; il ne fallait pas être grand clerc pour voir que, pour l'heure, il était en proie à toutes sortes d'idées contradictoires.

— J'aimerais beaucoup retrouver le nommé Soleil, dit-il. Permettez-moi le jeu de mots, Excellence, mais comme cet astre est le centre de notre univers à nous, le nommé Soleil pourrait bien être celui d'un monde criminel bien défini. Je reprends l'étrange dénomination de la bande mystérieuse : « Les Illustres Fils du Zodiaque » ; et voyez comme la définition du terme « zodiaque » même est caractéristique : zodiaque, zone circulaire idéale, parallèle à l'écliptique, comprenant douze constellations principales qui se partagent la route annuelle apparente du Soleil...

» Soleil... Soleil... Comprenez-vous comment le nom m'a frappé tout à l'heure ?

— Oui, concéda Lord Dambridge, c'est ingénieux, mais n'oublions pas que les plus formidables forbans démontrent toujours une enfantine tendresse pour un certain romantisme.

— Mlle Lusseaux, dit le détective, semble vouloir prêter à chacun des affiliés de la ligue une sorte de département spécial. Je ne suis pas tout à fait partisan de son idée pour le moment. Pour l'instant, je crois plutôt à une désignation chronologique. Le premier signe que Mr. Hull a entrevu est celui du Verseau qui régit le mois de janvier. Or, c'est en janvier que Soleil devient son locataire. En septembre, il est renvoyé : ce mois se trouve sous le signe de la Balance : second signe qu'entrevoit le malheureux épicier. Nous sommes en novembre maintenant : sous le signe du Sagittaire. Dernier signe aussi qui est fait à l'homme mort aujourd'hui. Mais ce ne sont là que des suppositions, j'aime à le déclarer sans ambages.

Mlle Gilberte Lusseaux regardait le détective avec une attention passionnée.

— Vous êtes bien subtil, Mr. Dickson, dit-elle, mais, s'il en était ainsi, il aurait presque fallu que le pauvre Timothée Hull ait eu quelque connaissance de tout ce mystère.

— Pas nécessairement, du moins pas dans le sens que vous semblez penser, mademoiselle. Mais le fait est que le centre de tout ceci est Soleil, le nommé Soleil, et que l'épicier a dû entreprendre quelque chose contre lui, et quelque chose qui chiffonne les bizarres créatures qui s'intitulent elles-mêmes « Les Illustres Fils du Zodiaque ». Je crois savoir quoi.

— Non ! s'écria violemment la jeune femme ; comment pourriez-vous savoir ?

— Des papiers, des plans et peut-être même un appareil, riposta doucement le détective. N'avez-vous pas remarqué, mademoiselle Lusseaux, que dans l'une des chambres à l'étage, il y avait plusieurs prises de courant, fort peu nécessaires dans une pareille demeure ? Que le plancher présentait de nombreuses taches d'acide ? Que les murs éraflés témoignaient d'une ancienne présence d'appareils métalliques ?

Mlle Lusseaux rougit et détourna les yeux.

— Je vous en dirai davantage, continua Harry Dickson, Mr. Timothée Hull a mis le pauvre Soleil à la porte, parce qu'il était mauvais débiteur. Mais en homme pratique, n'a-t-il pas gardé ses bagages ? Où sont-ils ? C'est ce que « Les Illustres Fils du Zodiaque » ont tenté de savoir, et c'est ce qu'ils auraient voulu s'approprier !

— Mais les mystérieux associés possèdent assez d'argent

pour tenter et acheter tous les épiciers du monde ! s'écria Mlle Lusseaux.

— Malheureusement, Hull n'avait plus rien à vendre, répliqua froidement Dickson, et sa mort n'est qu'une œuvre de vengeance, qu'une sorte d'exécution.

Un silence tomba. Mlle Lusseaux réfléchissait, le front barré de lignes profondes. Les regards de Lord Dambridge allaient d'elle au détective.

— Ensuite, Mr. Dickson ? demanda-t-il.

— Ensuite, Excellence, je suppose que les chercheurs de puissance que sont les « Fils du Zodiaque » l'auront complètement conquise, le jour où ils auront mis la main sur les inventions de Soleil !

Tous les regards convergèrent vers Harry Dickson et Lord Dambridge prit la parole :

— Voici que tout à coup un nouveau nom jaillit dans la conversation : Soleil. Qui est-il ? Un savant, un original, un grand pauvre, un homme aujourd'hui disparu de la circulation. Et soudain des forces fantastiques traversent l'eau pour le chercher ici. Ces inconnus qui semblent disposer de richesses fabuleuses, puisqu'ils abandonnent des tas de lingots d'or, comme si c'était de la vulgaire ferraille, ces inconnus donc vont mettre tout en branle pour s'en prendre à un homme, plus pauvre qu'un mendiant de Londres. Telle me paraît la situation. Qu'en dites-vous, Mr. Dickson ?

— C'est à peu près cela, Excellence ; mais ce qu'il y a de meilleur dans votre exposé, c'est votre question : qui est Soleil ? Pourtant j'y substitue une autre plus importante : où est Soleil ?

Comme le détective achevait de poser la question, le téléphone se mit à tinter et Lord Dambridge s'en saisit. Dès les premières secondes de conversation, les assistants virent son visage se renfrogner.

— Quelqu'un vous demande au téléphone, Mr. Dickson, dit-il. Je croyais pourtant que notre entrevue étant secrète, personne ne se doutait de votre présence ici, excepté votre élève..., mais ce n'est pas lui.

Le détective prit le récepteur, et son visage également

refléta à la fois la surprise et la consternation, sinon la colère.

— Voici ce que l'inconnu qui me sonne vient de me dire, Excellence, déclara-t-il en s'adressant au ministre. Il y a trois récepteurs témoins à l'appareil de Lord Dambridge, bien que la communication s'adresse surtout à Harry Dickson et il serait utile que tous les gens présents l'écoutent, à savoir Lord Dambridge, Goodfield et Mlle Lusseaux.

— C'est trop fort, gronda Son Excellence.

Néanmoins, il s'empressa de coller l'oreille contre le microphone témoin, et les autres de suivre son exemple. Aussitôt, une voix nasillarde se mit à parler.

— Ici le porte-parole des « Illustres Fils du Zodiaque ». Leur présence à Londres est nécessaire pour la réussite de l'œuvre qu'ils édifient pour le bien du monde entier. Leur action ne doit pas être contrecarrée. Aussi, invitons-nous Harry Dickson à ne pas s'en occuper. A la jolie tête de linotte qu'est Mlle Gilberte Lusseaux, nous donnons le conseil de retourner en France où elle pourra s'occuper utilement dès notre retour. A Lord Dambridge, d'employer son bon sens pour ne pas sacrifier inutilement des serviteurs zélés et pouvant être précieux en d'autres circonstances. Quant à Goodfield, nous l'avons laissé écouter pour qu'il ne pleure pas et ne soit pas jaloux, le cher homme. Adieu, nous n'avertissons jamais qu'une fois. Acceptez-vous, Dickson ? Votre parole d'honneur nous suffira ?

— Un instant, répondit Harry Dickson, je désire dire un mot à Son Excellence.

— Un instant, soit..., riposta la voix, mais ne le tirez pas en longueur, la patience n'est pas notre principale vertu.

Mais le détective ne prononça pas ce mot ; il se contenta d'arracher littéralement les récepteurs téléphoniques des mains de ceux qui écoutaient, puis, sans toucher à l'appareil, il cria dans un des microphones :

— Jamais !

Un vif crépitement se fit entendre ; on vit l'appareil téléphonique se recroqueviller comme une peau et une forte odeur de métal brûlé se répandit.

— Mazette ! ricana le détective, trois mille volts au bas mot ! Une seconde de plus, Excellence, et nous n'étions plus que d'infâmes morceaux de charbon !

— Comment avez-vous vu cela, Mr. Dickson ? demanda Lord Dambridge comme Goodfield se ruait au-dehors, dans l'intention de suivre des lignes d'embranchement occultes qui avaient amené le courant mortel jusqu'au bureau du Lord.

— Depuis le début de la conversation, je percevais des bruits mécaniques bizarres, comme si des ouvriers étaient au travail sur la ligne. Ensuite, tout en écoutant, j'ai examiné attentivement les récepteurs que nous tenions en main. Je savais qu'ils étaient en ébonite, et je fus donc passablement surpris en m'apercevant qu'ils avaient été remplacés par d'autres en métal, enduits habilement de vernis noir. Je me suis douté que mon mot de refus allait déclencher immédiatement l'offensive mortelle.

Mlle Lusseaux tenait les yeux fixés sur le détective : aucune émotion ne se lisait sur son visage, mais son regard luisait.

— Je n'attendais pas moins de vous, Mr. Dickson, dit-elle enfin d'une voix profonde. Ce sera un grand honneur pour moi de pouvoir travailler avec vous.

Goodfield revenait, essoufflé.

— Sauf votre respect, Excellence, haletait-il, les bougres ont travaillé à notre nez et notre barbe. A dix heures, un officier de la brigade volante a produit un ordre écrit de votre main, Excellence, faisant évacuer cet étage par les agents de la surveillance de nuit. Au bout du couloir, il y a deux isolateurs en verre noir, fichés dans la muraille ; le courant a dû venir par là, mais les fils ont déjà été cisaillés et enlevés.

— Cela nous donne un échantillon de leur savoir, ricana Lord Dambridge. Mon cher Dickson, ce matin, mon collègue auprès du gouvernement français, en m'annonçant l'arrivée de Mlle Lusseaux, me faisait savoir en même temps celle d'une bande mystérieuse, terrible entre toutes et mettant la sécurité mondiale en jeu. Une journée s'est à peine passée et ils ont réalisé des prouesses frisant le fantastique. Je compte sur vous !

3. Nuit de fièvre...

Harry Dickson quitta Mlle Lusseaux, presque au sortir de Scotland Yard, devant Somerset House, la jeune Française occupant un petit appartement dans Tudor Street. La nuit était fraîche et belle ; aucune brume ne noyait les perspectives et pas un flocon de brouillard ne voilait la longue étendue miroitante de la Tamise.

Le détective résolut de marcher par Aldwych, puis tout au long de Kings Way, décidé à prendre un taxi au poste de stationnement d'Oxford Street.

Big Ben frappait au loin deux coups sourds vibrant longuement dans la nuit. Machinalement, Harry Dickson consulta sa montre : deux heures du matin, puis il repartit d'un bon pas.

Ce fut au coin de Parker Street qu'il sentit que quelque chose d'anormal se préparait autour de lui. De loin, il lui avait semblé voir un attroupement autour d'un des hauts lampadaires électriques, quand il eut fait encore quelques pas dans cette direction ; les gens entrevus s'éclipsèrent avec un ensemble parfait, et un coup de sifflet retentit. Un autre y répondit aussitôt, plus lointain et feutré par la distance.

Harry Dickson se retourna : un groupe, qu'il n'avait pas vu en passant, stationnait derrière lui, au coin de la brève avenue qui encercle Lincolns Field. Il entrevit aussitôt la manœuvre : on tâchait de l'encercler.

Entre les deux groupes, dont celui de Parker Street qui, pour être invisible, n'en était pas moins existant, et celui formant l'arrière-garde et qui se montrait avec insolence, il n'y avait plus de rue traversière.

A côté du détective, des façades hautaines et mornes se

plongeaient dans l'ombre ; il eut d'abord l'intention de sonner à une des portes, mais on aurait dit que ses adversaires en avaient eu vent, car le groupe d'arrière se rapprocha soudain. Dickson vit une dizaine d'ombres avancer vers lui d'un pas délibéré. Il continua à marcher, se confiant à sa bonne étoile.

A sa droite, l'allée de Whitestone Park sortait de l'obscurité : elle s'ouvrait presque à la hauteur de Parker Street.

Le problème de la fuite se posait pour le détective de la façon suivante : ou bien l'ennemi avait formé le projet de le tuer, et alors son affaire était claire : une fois au pas de course, les revolvers allaient partir tout seuls ; ou bien ils désiraient le capturer vivant.

Cette éventualité présentait de faibles chances de salut.

Mais bien faibles en vérité...

Soudain, quelque chose s'ébroua à sa gauche et il vit à côté de lui, dans un porche assez profond, un ivrogne s'étirant et prêt à s'en aller. En un éclair, il vit le profit qu'il pouvait tirer de la situation : il fit un brusque crochet et s'engouffra dans l'ombre de la porte, au moment où le noctambule en sortait et reprenait sa marche.

L'homme était grand et pouvait, de loin, être confondu avec le détective. Il hésita un moment sur la direction à prendre, fit brusquement un quart de tour et remonta vers Lincolns Field.

Un coup de sifflet retentit, suivi d'un autre : les poursuivants avaient donné dans le panneau.

L'homme marchait d'un bon pas que l'ivresse ne faisait pas trop tanguer.

Harry Dickson entendit aussitôt le bruit d'une course rapide et multiple, et toute la brigade d'arrière-garde passa devant lui.

De son refuge, il vit les poursuivants se diriger vers la rue traversière du Field. Que faire ? Retourner sur ses pas ? L'adversaire n'allait pas tarder à s'apercevoir de la méprise et reviendrait au galop.

A portée de sa main, il y avait un bouton de sonnette ; le détective y appuya. La maison dont le porche lui servait de refuge était un de ces buildings loués en appartements sans doute, dont la porte de rue s'ouvre automatiquement au coup de sonnette et où le visiteur doit décliner son nom au concierge.

Harry Dickson s'en rendit compte : un déclic sec se fit entendre et la porte s'ouvrit.

Il se jeta dans le vaste hall dallé, éclairé par une lampe brûlant en veilleuse. Un carré lumineux trouait le mur de gauche : c'était la loge du concierge.

— ... son, jeta Dickson d'une voix enrouée.

— ... night, répondit une voix tout aussi rauque et lourde de sommeil.

Il avait gagné du temps, mais rien que cela. Il comprit fort bien que ses poursuivants n'allaient pas être dupes de la manœuvre. Que la maison qui l'abritait serait bientôt repérée par eux et sans doute envahie.

Sans vouloir faire fonctionner la minuterie électrique, il escalada quatre à quatre le large escalier monumental.

Il atteignit le quatrième étage quand la sonnette de la rue se mit frénétiquement en branle.

L'ennemi était là... plus vite que le détective l'avait imaginé.

Tirant son revolver, il se pencha sur la rampe de l'escalier et attendit. Mais au lieu de la ruée de pas qu'il attendait, il n'en entendit qu'un seul, traversant lentement le hall, puis un nom jeté d'une voix maussade :

— Sartoni !

La minuterie fonctionna, éclairant la cage d'escalier des deux premiers étages. L'homme montait d'un pas lourd et grimpait à présent vers le troisième. Dans l'ombre, Harry Dickson promena sa main sur le plafond bas, trouva l'ampoule électrique et la dévissa d'un tour de main.

En même temps, il entendit sous lui le bruit sec d'un commutateur qu'on tourne, mais aucune lumière n'y répondit plus.

L'homme jura dans le noir et frotta une allumette.

Quelques marches craquèrent encore sous ses pas, puis ce fut le silence.

Toujours penché sur la rampe, scrutant les ténèbres,

Harry Dickson réfléchissait et la nature de ses méditations n'était pas des plus roses.

Comment se faisait-il que les ennemis, qui avaient dû éventer sa malice cousue de fil blanc, ne rappliquaient pas en vitesse ? Comment se faisait-il qu'à cet instant, un seul homme entrait, alors que la longue Kings Way était absolument déserte quelques minutes auparavant ?

Ces pensées se levèrent en tumulte dans son esprit.

Un bruit menu, prudent, attira soudain son attention : des marches gémissaient doucement sous lui ; l'homme continuait à avancer dans l'ombre.

Et Harry Dickson comprit !

L'homme qui venait n'était pas plus chez lui dans la maison que lui-même ; après avoir essayé de lui donner le change, il montait doucement, prêt à bondir comme un tigre.

Le détective s'effaça contre la muraille.

L'inconnu qui marchait dans la nuit montait toujours ; certes sa progression était devenue absolument silencieuse, mais quelque chose d'autre la trahissait : c'était l'odeur fade d'un parfum à bon marché et extrêmement pénétrant. Par bouffées, des senteurs rancies d'œillet et de jasmin montaient aux narines du détective. Tout à coup, la dernière marche craqua et les pieds de l'inconnu, râpant le tapis du couloir, crissèrent quelque peu sur le bois du palier. Harry Dickson entrevit une vague silhouette et aussitôt il bondit sur elle. Il frappa de toutes ses forces dans la direction de la tête ; il sentit un craquement d'os ou de dents brisés et perçut un sourd grognement de souffrance. Mais l'instant d'après, Harry Dickson avait noué ses mains robustes autour d'un cou épais qu'il serra avec fureur.

L'autre, pris au dépourvu, n'esquissa plus qu'une faible résistance et bientôt pesa lourdement aux bras du détective.

Celui-ci posa l'individu sur le palier et, prenant sa lampe de poche, la braqua sur lui.

Apparut une figure patibulaire, mais affreusement meurtrie par le coup de poing du détective et bleuie par la strangulation. Dans les plis d'un manteau sombre brillait un éclair et Dickson vit un long poignard dans la main crispée du misérable.

« Je suppose que ce n'est qu'un comparse ordinaire, se dit-il, qu'un vulgaire assassin aux gages de ces messieurs. En tout cas, me voici fixé sur leurs intentions : ils veulent me supprimer, ni plus ni moins. Ce sont des gens expéditifs. »

Il fouilla les poches de l'homme inerte mais n'y découvrit qu'un trousseau de fausses clés, un revolver, un casse-tête et quelques billets de banque.

— J'en ferais volontiers cadeau à Goodfield, dit-il, mais le temps presse.

Promptement, il grimpa jusqu'au dernier étage, atteignit les combles et ouvrit une fenêtre donnant sur une spacieuse plate-forme.

« Essayons le chemin des chats, cela m'a toujours servi », se dit-il.

Ce chemin était aisément praticable. De la première plate-forme, il avait facilement accès sur une autre puis sur une troisième. Il calcula qu'au bout de quelque temps, arrivant à une échelle d'incendie, il lui serait possible de gagner Drury Lane dont il voyait les lumières monter vers lui. C'est à ce moment qu'un bruit absolument inattendu le fit sursauter : quelqu'un éternua.

Harry Dickson se jeta aussitôt à plat ventre dans une large gouttière et resta immobile ; bientôt il entendit un glissement de pas, et, levant prudemment la tête, il vit deux ombres ramper devant lui sur la plate-forme qu'il allait atteindre.

En passant la tête au-dessus du rebord, il voyait la rue sous lui, mais à quelle profondeur ! Et dans cette rue quelques silhouettes insolites émergeaient de l'obscurité pour y replonger ensuite.

Le détective songeait à revenir sur ses pas, quand il vit une nouvelle ombre se dresser contre le ciel : la retraite lui était coupée de ce côté également...

Un, deux, trois... Big Ben comptait trois heures.

Les lumières de Drury Lane étaient devenues plus rares ; au loin le fleuve s'estompait d'un peu de brume et Harry

Dickson espérait qu'un fog providentiel allait pouvoir intervenir. Mais non..., ce n'étaient que quelques vagues écharpes de fumée qui traînaient sur l'eau noire de la Tamise, et rien de plus. Le seul point de fuite qui lui restait encore, c'était, à sa gauche en contrebas, un fouillis de toits. Ce n'étaient plus des plates-formes, mais des prismes d'ardoises et de tuiles rouges, d'accès plus difficile, mais également de meilleur abri. Harry Dickson supputait mentalement ses chances, lorsqu'il vit, le long d'un toit, une fenêtre encore éclairée et, malgré la saison froide, ouverte dans la nuit. S'il pouvait l'atteindre, c'était peut-être le salut... Comme il la regardait intensément, la lumière s'y évanouit; le détective l'avait cependant repérée et désormais il se dirigerait vers elle, comme vers son dernier havre.

En rampant, il arriva au bout de la gouttière, sans attirer l'attention des hommes circulant sur les plates-formes. La fenêtre ouverte n'était plus qu'à quelques pieds de lui: il aurait pu l'atteindre en étendant la main.

Sur les toits, devant et derrière lui, on s'enfiévrait. Les poursuivants ne pouvaient comprendre comment le détective était parvenu à leur échapper. Un autre bruit se mêlait à présent aux pas furtifs et hésitants des malfaiteurs: c'était le souffle court et rauque d'un homme qui se livrait à quelque périlleuse escalade. Harry Dickson l'entendait fort bien de sa cachette, trop même à son goût, car il devenait de plus en plus perceptible, de plus en plus proche.

Un raclement de mains incertaines se fit entendre sous la gouttière et, brusquement, deux mains velues s'agrippèrent solidement à la bordure de zinc et, à la force de ses poignets, un homme essaya de se hisser sur le toit. Harry Dickson fit un léger mouvement de côté. Cela le mit face à face avec un mufle de gorille soufflant une haleine empestée d'alcool et d'oignon. L'homme poussa un grognement de stupeur et ses petits yeux porcins s'ouvrirent; puis la stupeur fit place à une joie infernale. La bouche s'ouvrit toute grande sur une clameur de triomphe, et, à cet instant, le poing du détective se détendit comme un ressort et frappa ce visage immonde qui s'était dressé devant lui.

L'attaque fut si vive, si brutale que la brute se renversa en arrière, dans un geste de défense qui eût été parfait sur terre ferme mais non sur la barre fragile d'une échelle à incendie.

Ce fut bref, rapide et horrible.

L'homme chancela, devint affreusement livide et, avec une clameur d'épouvante, disparut : quelques secondes plus tard, un coup sourd résonna sur le pavé de la rue.

Cette fois, Harry Dickson n'en attendit pas plus long ; il se laissa couler au-dessus du rebord de la gouttière, imprima à son corps un élan d'acrobate et risqua le bond. Il entendit l'air siffler à ses oreilles, mais se trouva assis sur la bordure de la fenêtre entrouverte.

Des pas pressés coururent sur la plate-forme et des têtes vinrent se pencher sur la gouttière. Trop tard pourtant pour apercevoir le fugitif qui venait d'entrer dans la chambre inconnue et d'en refermer la fenêtre. Pendant de longues minutes, Harry Dickson resta immobile, jusqu'à ce que ses yeux se fussent habitués quelque peu aux ténèbres alentour.

La chambre était peu spacieuse, toute en longueur ; c'était plutôt un simple boyau, sommairement meublé d'une table, de quelques chaises de paille et d'une armoire-buffet. Sous ses doigts, tâtant la muraille, le détective sentit le papier de la tapisserie s'en aller en morceaux. Mais dans le fond de la pièce, il y avait une porte et sous cette porte un rai de lumière blanche.

Quelqu'un devait veiller là, car le détective entendit parfaitement le bruit d'un livre qu'on feuilletait.

Cette porte, c'était l'unique issue de la chambre ; fallait-il reprendre le chemin des toits au risque de tomber aux mains des chasseurs d'homme dont le nombre semblait augmenter d'instant en instant ; fallait-il au contraire se confier à l'habitant qui lisait son livre de chevet derrière la porte close ?

Harry Dickson opta pour la dernière éventualité. Que l'habitant le livrât à la police et tout était pour le mieux.

Doucement, il s'approcha de la porte et frappa quelques petits coups discrets. A l'intérieur, le bruit des feuilles tournées cessa et fit place à un profond silence qui eût pu passer pour attentif.

Le détective frappa une seconde fois.

— Entrez, dit une voix claire.

Harry Dickson obéit : il ouvrit la porte et la ferma aussitôt derrière lui. Il se trouvait dans une petite chambre agréable, tapissée de livres, où, derrière une vaste table chargée de tomes et de papiers, un vieux gentleman à barbe blanche lisait à la lumière d'une lampe voilée de soie verte.

— Bonsoir, Mr. Dickson, dit-il aimablement.

Le détective eut un recul étonné et regarda le vieux visage souriant qu'il ne connaissait pas, qu'il n'avait jamais vu.

— Je regrette fort de ne pouvoir répondre en disant votre nom à mon tour, sir, riposta-t-il.

— Qu'à cela ne tienne, dit le vieillard en branlant sa tête chenue. Je vous attendais et, pour que cette attente me parût moins longue, je lisais quelques pages de ce magnifique Shakespeare. Quel homme, Mr. Dickson, quel génie !

— Vous m'attendiez..., murmura le détective.

— J'ai passé des années de ma vie dans les brousses et les jungles les plus sauvages, continua le vieillard, assez donc pour savoir que les rabatteurs de gibier amènent toujours leurs pièces à un endroit choisi d'avance.

— C'est-à-dire, déclara amèrement le détective, que j'ai été conduit au piège ?

Le vieux fit un geste de dénégation.

— Vous voulez parler de ces brutes qui vous poursuivent depuis tout un temps et vous frôlent du coude sans vous voir ? Oh non, mais je vous ai vu arriver sur la première plate-forme, puis dévaler de toiture en toiture, pour arriver à la large gouttière qui fait face à mon humble demeure.

» J'ai allumé dans la petite chambre voisine, le temps nécessaire pour attirer votre attention sur elle, et vous faire comprendre que votre unique chance de salut était de la rejoindre. Votre esprit travaille merveilleusement vite et vous avez saisi aussitôt. Vous voici donc chez moi et je vous y souhaite la bienvenue. Voulez-vous boire un peu de whisky ?

— Puis-je d'abord vous demander à qui je dois ce providentiel salut ? demanda Harry Dickson, la gorge sèche et le cœur battant.

Le vieillard se mit à rire doucement en poussant vers le détective la carafe d'eau fraîche et la bouteille de Black and White.

— Je lis dans votre pensée, dit-il ; vous me prenez pour le vieux papa Soleil, et votre émotion est grande. Hélas, Mr. Dickson, je ne suis pas Soleil, mais le plus humble de ses admirateurs, et si je vous ai laissé venir jusqu'à moi, c'est pour que vous m'aidiez à le trouver.

Le visage du détective s'était refermé ; il accepta pourtant le breuvage si généreusement offert et reprit, sans toutefois y remettre les premières formes d'urbanité :

— Qui êtes-vous, sir ?

— Je suis le Verseau, répondit simplement le vieux en levant des yeux souriants vers lui.

— Donc un affilié à la bande du Zodiaque !

De nouveau, le vieux branla la tête et un pétillement de malice parut dans ses yeux noirs.

— Bande bizarre s'il en est, Dickson, dit-il.

Le ton parut si étrange au détective qu'il resta immobile devant le singulier bonhomme, ne sachant quoi dire.

L'homme partit d'un éclat de rire si juvénile que Dickson y trouva aussitôt matière à un nouvel étonnement, mais cela ne dura guère.

— Dangereux métier que vous faites là, mon confrère, dit-il en souriant et en s'avançant, la main tendue vers le vieillard.

Celui-ci s'en saisit avec empressement.

— Diable de Dickson, vous n'avez pas été long à vous en douter. Je me présente : Vincente Mendozza, de la police d'Etat d'Espagne. Depuis dix mois sur la piste des « Illustres Fils du Zodiaque » ; sans grand résultat, hélas...

— Et pourtant, vous êtes déjà parmi eux ! s'étonna le détective.

— C'est bien ce qui est le plus déconcertant, répondit

Mendozza avec tristesse. Je vais vous raconter mon histoire et excusez-moi si elle est bien moins intéressante que vous ne pourriez le croire.

» Il y a quelques mois, un soir, à Cadix, des matelots ivres en bordée injurient un passant. Celui-ci, un vieillard, semblait assez irascible, ce qui ne fit qu'augmenter la mauvaise joie des marins.

» Soudain, le vieux se fâche, tire un revolver de sa poche et tue à bout portant trois de ses agresseurs. La riposte ne se fait guère attendre : l'homme est assommé sur-le-champ et on le transporte mourant à l'infirmerie de la prison.

» On lui prodigue les soins les plus dévoués, on s'évertue à lui rendre douces ses dernières heures. On lui demande l'adresse de sa famille ou de ses amis : il n'en a pas. Sur lui, on ne trouve aucune pièce d'identité, mais une forte somme d'argent et un petit disque en platine représentant une curieuse figurine : une sorte de gargouille.

» L'homme semblait avoir quelque chose qui lui pesait sur le cœur et, la veille de sa mort, il confia à la police d'Etat l'étrange existence de la bande du Zodiaque. Non, Mr. Dickson, nous n'avons pas ri, nous avions déjà eu des preuves de son influence en Espagne. Je dois dire qu'elle était particulièrement néfaste dans les milieux ouvriers.

» Ces gens puissants préparaient quelque chose contre la paix du monde, mais quoi ? Même le moribond ne put nous le dire.

» — J'ai oublié mon propre nom, disait-il, et d'ailleurs il n'a aucune importance, mais je suis ingénieur des mines. Parfois, je reçois un ordre de me mettre en route, venant je ne sais d'où, ni je ne sais de qui. L'argent m'est envoyé sans que j'en demande. Jusqu'ici, je n'ai rien dû faire de bien transcendant, sinon de plonger pendant vingt minutes le port de Cherbourg dans l'obscurité, il y a cinq mois de cela. Ne me demandez pas pourquoi, je n'en sais rien.

» — Connaissez-vous d'autres membres de votre bande ? lui a-t-on demandé.

» — Je vous jure que non !

» — Et comment vous atteint-on ?

» — J'habite à Paris dans un petit appartement, rue Dauphine, sous le nom de Mr. Durieux, nom bien peu compromettant, convenez-en. Encore ne dois-je y séjourner que pendant le mois de janvier, mois qui se trouve sous le signe du Verseau.

» Le malade se recueillit un peu et acheva de la sorte son étrange déclaration.

» — Mais mes propres réflexions ont suffi pour m'apprendre que la bande du Zodiaque était entre toutes terrible. Les vingt minutes d'obscurité dans la rade de Cherbourg suffirent à détruire deux grands cuirassés d'escadre ancrés dans la rade. *Combustion spontanée des poudres dans les soutes,* ont raconté les journaux. Quelle blague ! Non, détournement de toute l'énergie électrique du port pendant quelques minutes. Ne m'en demandez pas davantage à ce sujet, je n'ai pu comprendre comment elle fut utilisée à des fins aussi néfastes !

» — Comment et par qui avez-vous été affilié ? lui a-t-on encore demandé.

» L'homme allait répondre, mais il était très faible ; le médecin déclara qu'il fallait remettre son interrogatoire au lendemain.

» Au cours de la nuit, son état empira.

» Il murmurait des mots sans suite dans son délire :

» — La Vierge et le Sagittaire… Le Sagittaire, c'est la mort et le châtiment !

» Ces deux signes du Zodiaque revenaient constamment dans ses discours décousus. Il mourut le lendemain sans avoir repris ses esprits.

— Et alors, vous êtes devenu Durieux, dit Harry Dickson, ou, mieux encore, le Verseau !

Mendozza fit joyeusement signe que oui.

— Je devins Durieux en effet et pendant tout le mois de janvier j'ai habité rue Dauphine à Paris et j'y ai reçu à trois reprises une forte somme d'argent. A la fin du mois, comme je m'apprêtais à regagner l'Espagne, sans avoir rien appris, j'ai reçu une feuille dactylographiée me donnant l'ordre d'avoir à passer deux jours par mois à Paris, dans mon appartement.

» Il y a quelques jours, j'ai reçu un nouvel ordre conçu de la suivante façon : *Ralliement général à Londres. But : retrouver à tout prix un vieux savant français nommé Soleil. Appartement à occuper : 177, à Drury Lane.* Et me voici, Mr. Dickson !

Mendozza éteignit la lumière et se rendit dans la chambre voisine ; quand il revint, sa mine était toute réjouie.

— L'ennemi a déblayé le terrain, dit-il ; je vais vous faire sortir par la cour ; elle donne sur une ruelle étroite et peu fréquentée. Ne me relancez pas ici, je pourrais bien vous donner de mes nouvelles.

Harry Dickson parvint sans encombre dans la rue, fit crochet sur crochet et, aux premières clartés de l'aube, se retrouva sain et sauf dans son appartement de Baker Street.

4. … et journée d'embûches

Le lendemain, Mlle Lusseaux reçut Harry Dickson dans son coquet appartement de Tudor Street.

Elle l'accueillit avec un cri de joie.

— Je vous attendais avec impatience, ami illustre ! Je viens de remplir de votre renommée les oreilles d'une charmante personne qui désire vous voir et vous entendre à tout prix. Je parle de cette chère tante Martine.

— Tante Martine ? demanda le détective, je vous croyais sans famille, absolument seule sur la vaste terre.

— Dieu merci, il n'en est rien. Un ange gardien, d'ailleurs bien terrestre, m'est resté, c'est tante Martine. Elle a traversé la Manche au grand péril du mal de mer pour ne pas me laisser seule chez « ces cochons de rosbifs d'Anglais ». Excusez mon insolence ! Et surtout pour me protéger contre un tas de dangers noirs qui, à son avis, doivent m'environner de partout.

Comme si elle n'eût attendu que la fin de ce discours,

une énorme dame fit son entrée et fit au détective la plus désuète et la plus noble des révérences.

— Mr. Dickson, dit-elle sans autre préambule, votre pays est plein de gangsters et de kidnappeurs. Ce que c'est de ne pas laisser les gens boire leur petit verre, tout de même !

— Vous confondez avec l'Amérique, ma chère dame, répondit Dickson en souriant.

— L'Amérique et l'Angleterre, c'est chou vert et vert chou, répliqua la matrone, c'est rempli de bandits et je ne veux pas laisser assassiner ma nièce, alors je suis venue. Je suis au courant de tout, car elle ne me cache rien, et souvent je l'aide de mes judicieux conseils et de mon expérience. Cette histoire de jardin zoologique rempli de bêtes curieuses aux noms impossibles ne me dit rien qui vaille !

— Tante Martine confond la bande du Zodiaque avec un zoo ! s'esclaffa Mlle Lusseaux. Ah, Mr. Dickson, vous en verrez et vous en entendrez encore bien d'autres avec elle, je vous préviens.

La plantureuse dame branla du chef et reprit :

— La petite m'a raconté qu'ils ont déjà assassiné un brave homme d'épicier, j'ai déjà mon opinion toute faite à ce sujet : le vol est le mobile du crime et cherchez la femme !

La conversation continua quelque temps sur ce ton. Harry Dickson, tout en n'en laissant rien paraître, estimait que Mlle Lusseaux agissait bien légèrement en prenant la bonne tante Martine pour confidente et ce fut une raison pour laquelle il ne parla pas des événements de la veille.

Aussi coupa-t-il court assez brusquement à l'entrevue et retourna-t-il à des occupations plus sérieuses.

Scotland Yard avait été prévenu par lui des tribulations de la nuit dernière et, sur les instances de Lord Dambridge, il avait dû accepter une garde du corps occulte.

Trois inspecteurs en civil le suivaient de loin, attentifs à tout ce qui pouvait se passer autour de lui.

Bientôt pourtant, le détective se rendit compte que l'ennemi avait, pour le moment, renoncé à lui donner la chasse.

Il revint sans encombre au Yard, où les rapports de la matinée lui furent soumis.

Ni le corps du bandit de Kings Way, ni celui de l'homme écrasé sur le pavé de Drury Lane n'avaient été retrouvés. Le service dactyloscopique avait essayé de relever des empreintes dans la maison de maître et sur les toits. Elles ne donnèrent aucun résultat satisfaisant.

Mais un jeune inspecteur, Lew Carruthers, était parvenu à relever des traces de sang, conduisant la piste jusqu'à Essex Street. Là s'était trouvé, vers l'aube, un agent de police qui avait vu démarrer à toute vitesse une automobile, filant tous feux éteints dans la direction de la Tamise.

La chance se prononçait pour la police : un agent fluvial avait remarqué quelques minutes plus tard la même voiture et machinalement en avait relevé le numéro.

Le téléphone avait marché aussitôt et l'on venait d'apprendre que le véhicule avait été volé la veille à un habitant de Leadenhall Street, un honorable commerçant du nom de Wiggs.

Ce gentleman avait été convoqué sur l'heure au Yard, et dans un des parloirs, il attendait le bon plaisir des détectives.

— Je l'entendrais volontiers, déclara Harry Dickson.

Mr. Wiggs était un petit homme replet, sur le retour, à la mine avenante.

— La perte de ma voiture ne m'empêchera certes pas de dormir, déclara-t-il tout de go, je possède une assurance « omnium », comprenez-vous ? Mais puisqu'il paraît qu'elle aurait pu servir à des fins criminelles, j'estime qu'il est de mon devoir d'éclairer, autant que faire se peut, la justice de mon pays.

— Et que croyez-vous pouvoir faire pour elle ? s'enquit aimablement Harry Dickson en présentant son étui à cigarettes au loyal citoyen d'Angleterre.

— Je crois que mes déclarations pourraient avoir quelque poids, répliqua Mr. Wiggs d'un ton important.

» Ma voiture se trouve toujours, dès la fin de la journée, dans mon garage particulier. C'est de là qu'elle a disparu, sans que la porte paraisse avoir été forcée. Mon chauffeur

— Thornycroft, c'est son nom — n'a pas repris son service ce matin, bien que ce soit un garçon ponctuel.

— Vous le soupçonnez ?

— Oui et non. Pas d'avoir volé la voiture, mais de s'en être servi pour courir le guilledou, oui. C'était son unique défaut, mais quand cela ne fait pas de tort à son service, je ne me juge pas être en droit d'intervenir. Toutefois, il ne faut pas que cette tolérance aille jusqu'à lui permettre de se servir de ma voiture pour plaire à la gueuse !

— Vous semblez être bien certain de ce que vous avancez, Mr. Wiggs ! observa Harry Dickson.

— Je le suis, sir, et je vais vous le prouver sur l'heure. Je ne possède pas le flair du détective au sens figuré du mot, mais au sens propre... c'est une autre histoire, comme on fait dire tout le temps à notre célèbre Kipling. J'ai l'odorat excessivement développé et que croyez-vous que j'ai reniflé ce matin en entrant dans mon garage vide ? L'essence ou l'huile, me direz-vous, nenni... la violette... Cela suffit-il pour affirmer qu'il y a de la femelle là-dessous ?

— Où demeure votre chauffeur ?

Mr. Wiggs indiqua une rue peu fréquentée de Mile End, voisine d'Hanbury Street, en ajoutant qu'il avait déjà envoyé quelqu'un, mais qu'il avait trouvé porte de bois.

— On y va ! dit simplement le détective.

Goodfield, qui avait assisté à l'entretien, consulta sa montre.

— Ce qui m'ennuie, dit-il, c'est que Carruthers n'est pas revenu au rapport et qu'il n'a plus même donné de ses nouvelles. Enfin... je laisse ici des ordres pour lui et je vous accompagne.

— Si je suis de trop..., ne vous gênez pas pour me le dire, intervint Mr. Wiggs.

On protesta et le commerçant fut invité à se joindre aux policiers.

— Je vous suis très reconnaissant, déclara Mr. Wiggs dont la figure mangée de barbe poivre et sel rougit de plaisir ; j'ai toujours rêvé de pouvoir me joindre un jour à une enquête judiciaire.

Le chauffeur Thornycroft habitait une petite maison en

retrait des autres de la rue et précédée d'un jardinet laissé à l'abandon. La femme du voisinage qui faisait son ménage avait dû trouver, elle aussi, porte close, car elle avait écrit à la craie sur le battant qu'elle reviendrait à midi. Par habitude, on frappa à l'huis, mais cet appel restant sans réponse, Harry Dickson décida de forcer immédiatement la serrure.

Comme il y glissait son passe-partout, son visage se rembrunit :

— Quelqu'un a déjà passé avant nous, grogna-t-il, le mécanisme de cette serrure a été détraqué par une main experte mais trop nerveuse.

Après quelques vaines tentatives, ils purent cependant pénétrer dans la maison.

Ils traversèrent un petit hall, orné de meubles chinois et japonais à bon marché, et entrèrent dans le salon-salle à manger.

— Seigneur, quel désordre, cria Mr. Wiggs, voilà ce qui m'étonne d'un garçon comme Thornycroft qui est l'ordre en personne... Ah ! n'était-ce le défaut de trop aimer le cotillon, ce serait le modèle des serviteurs !

Tout à coup, Harry Dickson leva la main et ses yeux s'écarquillèrent : dans le fond de la pièce, aux meubles bousculés, on apercevait une porte fermée sur le panneau de laquelle deux lignes gondolées, tracées à la craie, venaient de lui rappeler un signe tragique : le Verseau !

— En voilà une idée d'écrire sur ses portes, dit Mr. Wiggs en y portant la main.

— Halte, n'y touchez pas ! cria Goodfield, et voyons plutôt ce qu'il y a derrière cette porte !

Le commerçant tourna la poignée et l'ouvrit mais aussitôt se jeta en arrière.

— Je ne veux pas voir ! cria-t-il avec terreur.

Deux corps étaient allongés sur le plancher, deux corps baignant dans le sang.

— Mon pauvre Thorny..., gémit Mr. Wiggs, qui avait tout de même risqué un regard.

— Carruthers ! hurla à son tour Goodfield en se penchant sur le second.

— Le chauffeur est mort, murmura Harry Dickson, en voyant le visage livide et crispé, et le corps déjà rigide de l'infortuné jeune homme.

— Mais Carruthers vit ! s'écria Goodfield.

En effet, l'inspecteur respirait encore, bien que faiblement.

Harry Dickson explorait déjà les alentours du regard.

— Il y a eu une lutte dans la pièce voisine, déclara-t-il, et le drame s'est achevé dans cette chambre. Mais il faut nous rendre au plus pressé. Reconduisons Carruthers au Yard et fermons la porte de la maison pour reprendre nos recherches tout à l'heure.

Mr. Wiggs se trouvait mal ; il était pâle et tremblait de tous ses membres.

— Je préfère retourner chez moi, bégaya-t-il ; je me sens malade... ah, malade...

— Bien, dit Goodfield, je dois vous prier, Mr. Wiggs, de vous tenir à la disposition de la justice. Nous vous aviserons encore aujourd'hui.

Le commerçant ne se le fit pas dire deux fois et s'esquiva de toutes les forces de ses petites jambes.

Une fois de retour au Yard, le médecin de service examina les blessures de l'inspecteur Carruthers. Pour être graves — deux coups de poignard dans le dos —, elles ne mettaient pas sa vie en danger. Quand elles furent pansées, le blessé ouvrit les yeux.

— Mr. Goodfield, murmura-t-il en reconnaissant son chef... ah, je croyais que je n'en reviendrais jamais !

— Ne parlez pas trop ! insista le médecin.

— Il faut que je parle.

On lui tendit un cordial qui le ranima quelque peu.

— Ce matin... à l'aube, j'ai suivi la piste de Thornycroft jusque chez lui...

— C'est vous qui avez forcé la porte ? demanda Harry Dickson.

— Non, elle l'avait été avant moi, et j'ai eu tort de ne pas me défier. Dans le salon, quelqu'un s'est jeté sur moi. J'ai été frappé au moment où j'allais ouvrir la porte du fond, qui était entrebâillée.

— Alors, on vous a traîné dans la pièce voisine... dit Goodfield.

Le blessé nia de la tête.

— Non, je m'y suis traîné moi-même, quand mon agresseur fut parti, me croyant mort sans doute. Il avait l'air bien pressé, car je l'ai entendu courir.

Harry Dickson se leva soudain.

— Carruthers, consultez votre mémoire: avez-vous vu des lignes tracées à la craie sur cette porte?

L'inspecteur lui jeta un regard étonné.

— Non, Mr. Dickson, il n'y avait rien!

— Par tous les diables! rugit le détective, quel est le numéro de téléphone de Mr. Wiggs?

On le trouva promptement et aussitôt le détective demanda la communication.

Une voix de femme lui répondit:

— Que dites-vous? Notre auto est volée? Mais nous n'en savons rien et nous n'avons pas encore ouvert le garage, parce qu'il n'y a que Mr. Wiggs à s'en servir, et il est en voyage sur le continent depuis deux jours...

Harry Dickson ferma rageusement l'appareil.

— Joué! tonna-t-il.

— Alors le Mr. Wiggs de tout à l'heure était un faux Mr. Wiggs? hurla Goodfield. Et pourquoi a-t-il tenu à se risquer ainsi dans la gueule du loup?

Harry Dickson, les bras croisés sur la poitrine, eut un rire amer.

— Pour deux raisons, Goodfield. Consultez les heures et voyez comme tout a été vite! Les bandits ont dû calculer par minute, que dis-je, par seconde! Mais dans sa précipitation, Mr. Wiggs a dû craindre d'avoir pu laisser des traces compromettantes. Quand il est parti tout à l'heure, il n'a opéré qu'une fausse sortie, et il doit être revenu pour effacer ce qui lui paraissait nécessaire à effacer!

— Et la seconde raison?

— De nature toute psychologique celle-là: notre adversaire a voulu montrer qu'il était fort, aussi habile qu'audacieux!

— Ainsi c'est le faux Wiggs qui, à notre nez et à notre

barbe, s'est amusé à tracer ce signe idiot sur la porte ! s'écria Goodfield. Mais une chose est évidente, nous connaissons son signalement.

— Croyez-vous ? rétorqua Dickson avec ironie. A l'heure qu'il est, le pseudo-Wiggs, débarrassé de sa barbe poivre et sel, doit se promener dans Londres, sous une forme toute nouvelle.

— Chien de métier ! gémit le superintendant.

Harry Dickson essaya vainement, au cours de la journée, d'entrer en communication avec Mendozza. Il se heurta à une porte close et le concierge de la maison ne put lui fournir aucun renseignement utile.

De guerre lasse, il revint à Baker Street et y passa la journée à compulser ses registres spéciaux, mais ils ne purent rien lui apprendre de nouveau quant à l'étrange bande du Zodiaque.

Tom Wills, parti à l'aventure à travers Londres à la recherche de l'énigmatique Mr. Soleil, revint bredouille, mais il apportait quand même un renseignement fort bizarre.

— Savez-vous qui nous aurons à mettre sur la sellette, Mr. Dickson ? demanda-t-il en clignant malicieusement de l'œil. Notre bonne Mrs. Crown en personne !

Mais la digne gouvernante n'était pas dans sa cuisine ; elle avait préparé un repas froid, composé de bœuf, de jambon, de langue fumée et d'un gâteau de bonne mine. Un billet y était joint, témoignant certes de la sollicitude de la bonne femme pour ses maîtres, mais non en faveur de son orthographe :

Je suis sorti, vous devé mangé froi. Bonne apéti.

— Très bien, dit Harry Dickson, nous allons nous mettre à table. Mais qu'allez-vous lui demander à cette excellente femme, Tom ?

— Un voisin de Mr. Hull l'a vue sortir de chez l'épicier, tourner le coin de Barlow Street et revenir quelque temps après. Elle ne nous a pas dit cela.

Harry Dickson, qui n'avait pas très faim et qui s'apprêtait à plonger son couteau dans le gâteau aux raisins, resta tout à coup immobile, couteau et fourchette dressés.

— Tom, dit-il d'une voix étouffée, c'est la première fois que Mrs. Crown réussit pareil gâteau... Excellente cuisinière, elle a peu de dispositions pour la pâtisserie.

— Et elle sait que nous ne raffolons pas de ce genre de gâteau, ajouta Tom.

Harry Dickson rejeta son couvert et, se saisissant de la friandise dorée, il alla s'enfermer dans son laboratoire.

Il en revint quelque temps après, l'œil en feu :

— Un gâteau aux raisins et aux amandes ! gronda-t-il. Rien ne pourrait voiler mieux le goût de l'acide prussique qui l'imprègne.

— Acide prussique ! bégaya Tom Wills.

— Ce gâteau en contient assez pour empoisonner un escadron de horse-guards !

— Mrs. Crown ! gémit Tom Wills.

— Dire que je l'ai entendue s'affairer autour de ses casseroles ! dit sombrement le détective.

— Mais encore... cria Tom Wills, j'ai peur de comprendre, maître.

Harry Dickson allait répondre, quand la porte de rue s'ouvrit avec violence et, quelques instants après, Mrs. Crown entra furieuse et tout en nage.

— On s'est moqué de moi ! s'écria-t-elle. J'espère, Mr. Dickson, que vous allez vous mettre à la recherche de ces mauvais plaisants.

Son regard tomba sur la table.

— Qu'est-ce que cela ? s'écria-t-elle. Vous mangez froid ! Vous n'auriez donc pas su attendre ? Vous ne mourez pas de faim, j'imagine ! Et ce gâteau... Dieu me damne, c'est bon à jeter aux pourceaux !

— Racontez-nous donc ce qui vous est arrivé, Mrs. Crown, dit Dickson.

— Voilà. Cet après-midi, un petit bout de commissionnaire — il soufflait comme un phoque, tant il était gras — vint me dire que mon amie Miss Pfefferkorn voulait me consulter d'urgence.

» Miss Pfefferkorn est une de mes bonnes amies et je n'ai

rien à lui refuser, et puis elle n'habite pas loin : dans Paradise Street. Voilà que nous arrivons dans cette rue, et le commissionnaire — ah, le sale petit homme — s'arrête devant une maison vide et dit :

» — C'est ici, c'est la maison qu'elle va louer ; voulez-vous vous donner la peine d'entrer, milady ? Oui, il m'appelait milady !

» — Tiens, dis-je, Margaret va donc déménager ? Elle ne m'en a rien dit.

» — C'est venu tout à coup, me dit l'homme ; elle veut ouvrir une pension de famille, voyez-vous.

» C'était bien là un des caprices de cette bonne mais stupide Margaret.

» Le commissionnaire — il avait l'air d'un ballon, dans sa blouse — ouvre la porte avec une clé, et me prie d'entrer.

» Nous traversons le corridor qui était d'une malpropreté écœurante, puis il pousse une porte et dit :

» — Elle doit être par ici !

» Sur quoi il se met à crier :

» — Miss Pfefferkorn, voici la lady !

» Il ne reçoit aucune réponse, mais moi, je reçois une telle bourrade dans le dos que je fais quelques pas en avant dans une sorte de chambre noire et que je tombe sur les genoux.

» Derrière moi, j'entends une porte qui se ferme à clé.

» Je me suis mise à crier, mais à crier !

» Cela ne m'aida en rien, j'en ai eu la voix toute rauque ; je me mis à explorer ma prison, comme vous diriez. Et à en tirer des décoctions, comme c'est votre spécialité. C'était une de ces sales chambres qui servent à faire des portraits, toute noire et sans fenêtre. En tâtonnant partout, j'ai fini par trouver un morceau de fer avec lequel j'ai attaqué la porte.

» Cela a dû durer des heures ! Enfin je suis parvenue à l'ouvrir. Alors j'ai pu arriver à une fenêtre donnant sur la rue, et, avec l'aide d'un passant, j'ai pu sortir.

— Tom, dit le détective, posez donc votre question à Mrs. Crown.

Le jeune homme obéit et la brave femme tomba de stupeur en stupeur.

— Moi... moi, je suis retournée chez ce triste bavard de Hull, que Dieu ait son âme ! C'est un infâme mensonge, uniquement répandu pour nuire à ma bonne réputation !

— N'en croyez rien, Mrs. Crown, dit gravement son maître. Un habile bandit a simplement pris votre aspect pour revenir en votre lieu et place chez l'infortuné Hull qui le laissa entrer sans défiance et trouva la mort sous un couteau. Le bandit a agi de même pour faire ici le ménage à votre place et tenter de nous empoisonner. Il a failli y réussir...

» Que de types différents en une journée : Mrs. Crown, Wiggs et le commissionnaire ; quel Frégoli..., mais nous savons qu'il est petit et gros, c'est déjà quelque chose !

— Je ne lui pardonnerai jamais d'avoir voulu vous obliger à manger froid, du bœuf acheté chez le charcutier et un gâteau pareil, dont je ne voudrais pas même rêver ! conclut Mrs. Crown.

Le téléphone sonna longuement.

5. Mlle Lusseaux marque un point

C'est la voix de Mlle Lusseaux que Dickson entendit.

— Bonsoir, mon cher grand Dickson, dit-elle moqueusement, que diriez-vous si je vous demandais un rendez-vous cette nuit ?

— Vous me combleriez, mademoiselle, répondit galamment le détective.

— Mauvais ! Mais trêve de plaisanteries. Savez-vous d'où je vous sonne ? De Belsize Park ! Ni plus ni moins !

— Bel endroit, en vérité...

— Attendez avant de vous enthousiasmer : je suis au cabaret de la *Rose Noire*.

Harry Dickson siffla légèrement.

Le cabaret de la *Rose Noire*, pour être luxueux à souhait,

n'en avait pas moins un renom douteux. Le demi-monde le fréquentait souvent et la haute pègre davantage. Des festins mémorables s'y étaient donnés dans le temps, mais le tapis vert y fonctionnait frénétiquement en cachette. Des fortunes s'y étaient perdues, et, sous l'orme, on parlait de suicides et même de crimes, ayant eu pour cadre ces salles fastueuses.

— J'occupe le cabinet particulier numéro 6, dans le salon vert, continua Mlle Lusseaux. Je vous donne l'autorisation d'être indiscret à cet égard, mais pas avant minuit sonné. C'est-à-dire que, vers ce moment, je vous prie de vous trouver dans le voisinage.

La voix de la jeune femme devint grave.

— Danger, Mr. Dickson, et non seulement pour moi, mais pour vous vers l'heure dite ! A bientôt !

— Je vous accompagne ? demanda Tom Wills quand son maître lui eut rapporté le bref entretien téléphonique qu'il venait d'avoir.

Harry Dickson secoua la tête.

— Vous me serez plus utile ici, sur place, mon garçon. Je ne désire pas laisser la maison à la seule garde de cette pauvre Mrs. Crown.

Tom Wills se résigna, bien qu'en rechignant quelque peu.

Vers dix heures, le détective quitta son logis et se rendit à pied jusqu'à Oxford Street où il comptait prendre un taxi.

La soirée était douce et claire, malgré la saison, et les promeneurs étaient relativement nombreux. Mais la leçon des journées précédentes avait profité au détective et il marchait l'œil aux aguets, préparé à toutes les embûches.

Il arriva sans encombre au poste de stationnement des taxis et prit la voiture qui attendait en tête de file. Comme il ouvrait la portière, le téléphone du poste se mit à sonner dans sa petite boîte de fer.

Le chauffeur s'excusa et prit l'appareil.

Aussitôt, il se tourna avec un peu d'étonnement vers son client.

— On demande le monsieur qui s'apprête à prendre place dans la voiture, dit-il en faisant signe au détective.

Fort intrigué, celui-ci prit le téléphone.

— C'est vous, Dickson? demanda une voix lointaine et étouffée.

— Oui, qui êtes-vous et que me voulez-vous?

— Soyez sur vos gardes, Dickson...

Pan! l'appareil resta muet, la communication venait d'être coupée.

Il n'y avait pas à s'y méprendre: quelqu'un qui avait dû le voir arriver de loin et s'approcher du taxi avait dû bondir au téléphone du premier café venu pour l'alerter.

Mais les tavernes étaient nombreuses et une foule dense se pressait devant leurs entrées.

Pourtant, la voix sembla familière à Dickson.

— J'y suis, murmura-t-il tout à coup, c'est celle de Mendozza!

Mais aussitôt une autre idée lui vint: la communication avait été coupée juste après l'avertissement. Une intervention hostile avait eu lieu sur le moment même!

Le détective donna au chauffeur l'ordre de l'attendre et se mit à observer les divers débits de boissons.

Un de ceux-ci attira particulièrement son attention; situé à un angle, doté de plusieurs fenêtres, il offrait un excellent poste d'observation. Le détective prit note de son enseigne: *Taverne d'Henley*.

Des cartouches sportives la désignaient comme un rendez-vous favori des *rowingmen* de Londres.

Sans hésitation, le détective entra, se fiant à sa bonne étoile, et se dirigea immédiatement vers la cabine téléphonique.

C'était bien ce qu'il attendait: la communication ne pouvait être établie.

Il appela le garçon le plus proche de la cabine et lui demanda si quelqu'un venait de se servir du téléphone.

— En effet, sir, répondit le serveur, un gentleman élégant, en habit de soirée.

— Quel âge environ?

— Mais la quarantaine bien sonnée, si je ne m'abuse.

— Est-il parti ?

— Oui, presque aussitôt, par l'entrée particulière de l'hôtel.

Harry Dickson étouffa un juron et examina le double fil isolé qui sortait de la cabine et, passant par la salle, montait vers le plafond.

Son regard perçant vit aussitôt qu'il avait été sectionné tout près de la cloison de la cabine.

— Dites-moi, demanda-t-il encore au garçon, qui était assis à cette place tout à l'heure ?

— Etes-vous de la police ? demanda le serveur avec une lueur de méfiance dans les yeux.

— Oui, et je vous prie de répondre vite.

— Très bien, sir. Il y avait là, à l'instant, un gentleman petit et assez gros.

» Il a réglé immédiatement sa consommation... Tenez, elle est encore sur la table et il ne l'a pas même bue : un porto Priestly à trois shillings. Il a dû être bien pressé... mais je ne l'ai pas vu partir.

— Parbleu ! ricana doucement le détective en tendant un ample pourboire au serviable garçon de café.

— Wiggs ! gronda-t-il en quittant la taverne, Wiggs ou le diable sait quel est son nom ! Mendozza aurait mieux fait de se joindre à moi dans cette équipée. Mais puis-je lui reprocher de vouloir moissonner à lui seul tous les lauriers ?

Il n'avait pas de temps à perdre et une fois qu'il eut rejoint son taxi, il donna l'ordre de rouler vers Belsize Park.

Bientôt les rues éclairées du grand centre firent place à d'autres en proie déjà à l'ombre et au repos nocturnes.

Aux approches des immenses parcs d'Hampstead, le pavage des rues devint tellement détestable que la voiture, qui était pourtant de bonne marque, dut ralentir et changer de vitesse en de nombreux endroits.

Il n'était pas loin de la demie de minuit quand il arriva enfin à la hauteur de Belsize, et qu'il vit devant lui les lumières discrètes de la *Rose Noire*.

— Vous attendrai-je ici, sir ? demanda le chauffeur avec appréhension... Vous savez, l'endroit n'est pas bien sûr.

Harry Dickson le congédia au grand soulagement de l'automédon qui s'esquiva en vitesse. Le détective s'approcha lentement de la taverne si douteusement famée et explora ses alentours.

Un petit jardin, planté de conifères nains et de fusains rabougris, précédait l'établissement ; des viornes gardaient encore un restant de verdure.

A l'angle ouest, le détective vit à l'étage une unique fenêtre éclairée.

« Serait-ce le fameux cabinet numéro 6, ou le salon vert ? » se demanda-t-il.

Comme pour lui répondre, la fenêtre fut ouverte : un bras nu de femme se glissa entre les tentures et quelque chose tomba sur le sol.

C'était un carré de papier roulé autour d'un bouchon de carafe, quelques mots y étaient tracés d'une écriture fiévreuse :

H. D. — N'entrez que si vous entendez le verre cassé.

G.L.

— Parfait, murmura le détective, voici qui m'épargne des reconnaissances topographiques, qui exigent toujours beaucoup de temps.

Il écouta aux volets clos et n'entendit aucun bruit à l'intérieur : il ne devait pas y avoir foule à la fameuse *Rose Noire*.

« J'aimerais autant entrer là-dedans, dans le plus strict incognito, se dit Harry Dickson. Ce serait le moment ou jamais de me rendre invisible, comme ce cher homme de Wells ! »

Il consulta sa montre : un quart d'heure à peine le séparait encore de minuit ; il fallait agir, et le plus promptement possible.

La porte était ouverte, ou plutôt entrebâillée. Le détective la poussa.

Un hall pénombreux, éclairé par une unique lampe vénitienne, apparut devant lui, et il y risqua quelques pas.

Des sous-sols venait le bruit de casseroles et de poêlons bousculés, ainsi qu'une voix revêche :

— On voudrait bien aller se coucher, nous aussi. N'est-il pas malheureux de devoir rester debout, pour deux misérables clients, qui en sont déjà au dessert et au champagne et ne commanderont plus rien !

— Fermez ça, hein, Victoria, répondit une autre voix, menaçante celle-là, ou vous pourrez rendre votre tablier avant demain !

Mais Harry Dickson en savait assez.

Il vit dans le fond du hall un escalier feutré de tapis de haute laine et le gravit quatre à quatre. Le palier de l'étage était spacieux et tout aussi chichement éclairé que le hall, mais il y avait un rai de lumière sous la porte de l'angle et Dickson vit le chiffre 6 peint en blanc sur son panneau.

Il se frotta les mains :

« Je suis encore quelques minutes en avance. »

Attentivement, il prêta l'oreille, mais la porte était épaisse et sans doute matelassée ; seul un murmure de voix étouffées lui parvint.

Comme il écoutait toujours, minuit sonna à un cartel de l'étage ; un rire de femme éclata derrière la porte.

« Ce n'est pas le signal », se dit Dickson.

Quelques minutes se passèrent encore dans le silence ; pourtant, à l'intérieur, des paroles s'échangeaient à présent, rapides, fiévreuses, mais inaudibles pour le détective aux écoutes. Et soudain le bruit attendu éclata.

Un ruissellement de verre cassé, puis la chute d'un meuble.

Harry Dickson se jeta contre la porte, écarta les lourdes draperies qui la recouvraient à l'intérieur et bondit dans la pièce.

C'était un salon tendu de vert, aux meubles criards : une table était renversée au beau milieu de la pièce et des débris de vaisselle et de cristaux étaient éparpillés sur le riche tapis persan.

Pourtant ce n'était pas cela qui attirait les regards du détective, mais bien la scène atroce qui se passait sous ses yeux dans un silence féroce.

Mlle Lusseaux, en toilette de soirée jaune or, luttait avec un homme de haute taille, en tenue de soirée, qui lui tenait la gorge dans l'étau de ses mains serrées. La jeune femme était tombée ; son visage se violaçait déjà et ses mains griffaient éperdument les joues de son agresseur.

Elle avait dû braquer un revolver sur lui, mais l'arme lui avait échappé et était tombée sur le tapis.

— Au secours ! râla-t-elle.

— Les mains en l'air ! tonna Harry Dickson.

L'homme sursauta et lâcha quelque peu son emprise.

Ce geste lui fut fatal : Mlle Lusseaux se jeta en arrière, ramassa le revolver et avant que le détective eût pu intervenir, fit feu à deux reprises sur son agresseur qui tomba comme une masse.

— Mademoiselle Lusseaux ! s'écria Harry Dickson, que vous arrive-t-il ?

La jeune femme reprenait difficilement haleine et, d'une main frémissante, elle désignait l'homme abattu.

— Vous savez qui c'est ? demanda-t-elle enfin d'une voix mal assurée, mais néanmoins triomphante.

Harry Dickson se pencha sur l'homme : ce n'était plus qu'un cadavre, les deux balles de Gilberte Lusseaux l'avaient frappé en plein cœur.

Il vit un visage jeune et énergique, barré d'une petite moustache noire.

— Je ne le connais pas, murmura-t-il.

— Relevez la manche de son bras gauche jusqu'auprès du coude, déclara la jeune femme.

Harry Dickson obéit : une manchette blanche tomba, puis, sur la chair bronzée de l'avant-bras, deux lignes gondolées apparurent.

— Le Verseau ! s'écria Mlle Lusseaux avec un accent de joie sauvage, et d'un !

— Le Verseau ! murmura le détective horrifié, et soudain il reconnut les grands yeux noirs que déjà la mort emplissait de ténèbres.

D'un effort surhumain, il surmonta son émotion et se prit à considérer avec attention le double tatouage bleu, zébrant le bras du mort.

Sans dire un mot, il s'empara d'une carafe d'eau et, mouillant la chair morte, la frotta avec force : le tatouage persista.

— Ah, vous croyez que c'est du chiqué ! s'exclama la jeune policière ; détrompez-vous, mon cher ami.

— Un moment ! rétorqua le détective.

Il prit une petite boîte plate dans sa poche et en retira un minuscule flacon rempli d'un liquide incolore. Mlle Lusseaux le regarda faire, avec quelque étonnement sur son beau visage.

Posément, le détective recommença l'expérience et cette fois-ci les lignes bleues ne résistèrent plus : le tatouage s'enleva comme la craie sous l'éponge.

— Que signifie... que signifie..., murmura Gilberte Lusseaux en passant la main sur son front.

— Une terrible erreur, mademoiselle, dit tristement le détective, l'homme que vous voyez là, c'est Luis Mendozza de la police d'Etat espagnole, lancé lui aussi sur la piste des bandits du Zodiaque !

— Im... possible..., gémit la jeune femme en blêmissant.

— Racontez, ordonna brièvement Harry Dickson.

— Je le suivais depuis mon arrivée à Londres, dit Mlle Lusseaux, d'une voix angoissée. Il habitait un étrange appartement dans Drury Lane. Il a caché chez lui le cadavre d'un homme tué dans la rue. Je l'ai vu rôder dans Barlow Street, puis autour de la maison du pauvre Thornycroft. Je l'y ai vu tracer le signe du Verseau que j'ai effacé aussitôt qu'il fut parti, parce que... C'est très mal ce que je vais vous dire, mais je tenais à garder pour moi seule le bénéfice de sa capture ou de sa perte.

» Une heure plus tard, je l'ai rencontré dans le Strand, dans un café de journalistes où il prenait l'apéritif. Je me suis installée à la table voisine de la sienne. Nous n'avons pas tardé à engager la conversation. Je crois qu'il a vu immédiatement clair dans mon jeu, mais néanmoins, j'ai accepté de le rencontrer ici ce soir. Je vous ai fait venir, parce que je me sentais incapable de le capturer par mes propres moyens ; je le sentais déjà trop sur ses gardes.

» Tout à l'heure, comme par mégarde, j'ai heurté la table, ou plutôt pour lancer le signal, car son visage devenait de plus en plus inquiétant. Il s'est jeté sur moi.

» — Dickson est là, grondait-il, tu y passeras d'abord et lui ensuite !

» Mais je suis parvenue tout de même à faire tomber la table.

— Pourquoi l'avez-vous tué ? demanda Dickson avec reproche.

Mlle Lusseaux lui jeta un regard indéfinissable.

— Parce que je suis certaine qu'il vous « aurait eu », murmura-t-elle. Oh Dickson, vous ne comprendrez donc jamais une femme, vous ?

Le détective évita son regard.

— Vous êtes une détective remarquable, mademoiselle Lusseaux, dit-il enfin, les rapports que votre gouvernement nous a fait parvenir à votre sujet chantent vos louanges méritées. Mais n'avez-vous pas entrevu que Mendozza pouvait être du même bord que nous ?

Elle se redressa, un feu sombre dans les yeux.

— J'ignorais que cet homme fût Mendozza, dit-elle d'une voix dure, mais si vous voulez de ma compagnie cette nuit, téléphonez du Yard à Madrid. Ce n'est pas la première fois que j'entends son nom.

En descendant l'escalier, Harry Dickson se heurta au patron de l'établissement que l'insolite rumeur avait attiré.

— Police, dit-il sèchement ; téléphonez immédiatement au poste de nuit le plus proche pour que l'on envoie un inspecteur.

— La police chez moi ! gronda le propriétaire, le visage mauvais.

— Et comment ! Faites vite, ou je vous promets, foi de Harry Dickson, qu'il vous en cuira sur-le-champ.

— Harry Dickson ! s'écria l'homme effrayé.

— Et qui gardera votre boîte à l'œil, je vous en fiche mon billet, mon bonhomme.

Ce ne fut pas un inspecteur, mais trois qui arrivèrent et le détective leur laissa la garde de la chambre tragique.

Une heure plus tard, il arrivait au Yard en compagnie de

Mlle Lusseaux. Pendant tout le trajet qu'ils firent dans un taxi, ils avaient gardé le silence, mais le détective sentit avec émoi que la jeune femme sanglotait doucement à ses côtés.

Vers quatre heures du matin, ils eurent enfin Madrid au téléphone, et les renseignements qu'ils obtinrent achevèrent de rendre Dickson fort perplexe :

— Depuis six mois, Mendozza ne fait plus partie de la police d'Etat. Il a démissionné brusquement et a disparu. On prétend qu'il désirait travailler pour son propre compte.

— Ou pour les « Illustres Fils du Zodiaque », conclut ironiquement Mlle Lusseaux.

— Je vous dois des excuses, mademoiselle Gilberte, dit doucement le détective en la reconduisant chez elle vers l'aube.

— Venez, dit-elle simplement, comme leur voiture s'arrêtait devant Tudor Street.

Le petit salon était coquet et chaud : une salamandre rougeoyait doucement dans la cheminée.

Gilberte Lusseaux dédaigna la lumière électrique et alluma les torsades de cire rose d'un chandelier à sept branches.

— Nous allons boire une coupe de champagne de France, dit-elle.

Comme le vin pétillait et moussait dans les tulipes en cristal, elle éleva la sienne vers les flammes des bougies.

— Je veux boire à un projet, dit-elle.

— Celui d'exterminer au plus vite la bande du Zodiaque ? sourit Harry Dickson en élevant également sa coupe.

Elle secoua vivement sa belle tête brune.

— Ne parlons pas « affaires », dit-elle gravement car, pour l'heure, la recherche des forbans, c'est des « affaires ». Depuis que je suis au service de la police de mon pays, je vous connais, Harry Dickson, j'ai vécu dans l'unique espoir de vous voir un jour et de travailler à vos côtés. Ce jour est venu.

Le détective s'inclina galamment.

— Vous me flattez énormément, dit-il en souriant.
— Trêve de fadaises, coupa-t-elle durement, ce que j'ai à vous dire, à vous demander est autrement grave. Je vais renverser les lois des coutumes de mon pays et du vôtre.
Elle prit quelque temps. Sa poitrine haletait et la coupe tremblait dans sa magnifique main blanche.
— Je vous aime, Dickson... Je ne suis pas pauvre, j'ai quelque fortune, mais peu importe... voulez-vous m'épouser ?

6. L'étrange roman d'amour de Harry Dickson

Un coup de foudre... On ne parle plus des « Illustres Fils du Zodiaque », on ne s'entretient plus dans les milieux policiers que d'un événement ultra-sensationnel : Harry Dickson est fiancé à Gilberte Lusseaux !
Goodfield secoue la tête :
— Ah ! les femmes ! Voici que même le grand Harry Dickson est tombé dans le piège !
Tom Wills est triste : il voit mal une dame installée en maîtresse dans le home de Baker Street. Mais Mrs. Crown est encore plus désolée que lui :
— Une mijaurée qui arrête les bandits, comme un vulgaire bobby de Londres ! C'est-il la destinée d'une jeune femme et surtout les devoirs d'une femme de ménage ? Non et non ! Connaît-elle le moyen de réussir un gigot, tel que le maître l'aime ?
Et puis, la femme qui lui donnera des ordres à elle, Mrs. Crown, n'est pas encore née ! Non et non, elle le répète : elle rendra son tablier et ira vivre chez sa cousine à Ipswich !
Même les mystérieux « Fils du Zodiaque » semblent avoir désarmé devant cette tendre nouvelle. On n'entend plus parler d'eux. Harry Dickson peut se mouvoir librement dans les rues, soir ou matin sans se sentir épié ou suivi.

Mr. Wiggs a disparu... Envolé comme une fumée dans le soir !

Harry Dickson avait écarté d'un simple mot cordial les fâcheux venant aux renseignements.

Eh oui, il était fiancé à Mlle Lusseaux, et il acceptait de grand cœur les félicitations qu'on lui prodiguait de tous côtés.

Ainsi donc, quelques jours se passèrent dans le calme.

Harry Dickson voyait journellement sa fiancée, et il avait trouvé grâce devant la sévère tante Martine.

— Ce n'est pas mon rêve que de la voir épouser un policier ou un détective, avait-elle déclaré d'un ton boudeur, mais qui se ressemble s'assemble. En tout cas, vous la protégerez et c'est déjà cela de gagné !

Le huitième jour après les fiançailles, Mlle Lusseaux reçut l'ordre de ses chefs de retourner à Paris pour quelques jours ; elle s'en trouva quelque peu ennuyée.

— Je suis encore toujours dans le métier, Harry, déclara-t-elle à son fiancé, et je n'entends pas me soustraire à mes devoirs ; je crois que vous m'approuvez. Je vous laisse tante Martine, ajouta-t-elle malicieusement ; ne la négligez pas trop, la pauvre. C'est à peine si elle baragouine un peu d'anglais, comme vous savez !

Elle partit le jour même pour Douvres et, dans la soirée, l'étrange missive parvint à Harry Dickson.

Dear Sir !

Moi aussi je désire vous rencontrer à la Rose Noire. *J'ai une affaire à vous proposer. Auparavant, mettez-vous en communication avec la rue des Saussaies à Paris et vous apprendrez que Mlle Lusseaux n'a pas été rappelée. Est-il utile d'ajouter que votre fiancée se trouve en mon pouvoir ? N'avertissez pas le Yard et surtout ne tentez rien contre ma personne, la vie de cette jolie Gilberte se trouverait, de ce fait, bien en danger comme vous vous l'imaginez aisément. Mais j'espère que nous nous entendrons. A ce soir, minuit : le fameux salon vert numéro 6 nous sera réservé.*

Celui que vous appelez « Wiggs », mais qui, de fait,
porte un nom autrement redoutable.

Harry Dickson resta un long moment songeur, puis il bourra sa pipe et la fuma longuement jusqu'à ce que l'heure de son rendez-vous fût proche.

A Belsize Park, le patron de la *Rose Noire* le reçut d'un air complice.

— Je suis bien honoré de votre visite, Mr. Dickson, dit-il, et j'espère que vous me rendrez justice : je ne fais que mon métier de restaurateur, un peu spécial sans doute, mais tout de même honnête. J'ai refusé toute autre clientèle ce soir, en votre honneur.

— Et sur l'ordre du gentleman qui m'attend ici ? répliqua ironiquement le détective.

— Gentleman ? demanda l'hôtelier étonné. Je ne sais rien, Mr. Dickson, vous avez bien voulu me téléphoner vous-même, en disant de réserver le salon vert, de laisser la porte ouverte sur le jardin, afin que votre... compagnon puisse venir sans être vu. Nous sommes discrets dans le métier, nous aussi.

— Ah, vraiment ? C'est moi qui vous ai téléphoné ? Bon, je l'avais oublié. Mais cela n'a pas d'importance. Vous ai-je également commandé le menu ?

— Et en connaissance de cause, répondit le patron en clignant de l'œil : caviar d'origine, du Molossol, un perdreau froid, du foie gras de Strasbourg et comme champagne du Pommery et Greno.

— Très français ! approuva le détective.

— Tiens, c'est ce que je me suis dit, riposta l'hôtelier en souriant obséquieusement ; vous serez content de la maison, Mr. Dickson !

Le salon vert ne rappelait plus en rien le drame qui s'y était déroulé. Les meubles avaient repris leur place coutumière, les taches de sang avaient disparu du beau tapis persan. Sur la table, les cristaux et la porcelaine étaient intacts, et les bougies électriques luisaient doucement dans les appliques murales et au lustre à pendeloques.

Harry Dickson s'installa dans un fauteuil ; il avait encore plus d'un quart d'heure d'attente devant lui, avant d'entendre le cartel du hall compter les douze coups de l'heure fatidique.

Pour passer le temps, il tira son carnet de notes de sa poche et relut les lignes tracées sur une des pages ; c'était un renseignement qu'il avait reçu le jour même du continent :

Aristide Soleil, docteur es sciences, savant aux idées bizarres. A la tête d'une très grande fortune. A disparu brusquement. Nulle trace de sa fortune dans les banques. Ignorons complètement la nature de ses travaux.

Harry Dickson sourit, puis reprit son air pensif.

— Et Soleil fut chassé de sa chambre de Barlow Street, parce qu'il n'en payait pas le loyer, murmura-t-il. En tout cas, il vaut mieux qu'on ne trouve pas ce billet sur moi.

Il le relut, puis le déchira en menus morceaux qu'il jeta dans le feu dansant derrière les grilles du foyer.

Un coup de gong assourdi résonna dans le hall : le premier coup de minuit ; le détective compta jusqu'à douze et, à ce moment, on frappa doucement à la porte. Ce n'était pas Mr. Wiggs, mais le patron qui poussait devant lui une table à roulettes où le souper froid se trouvait complètement servi.

— Ainsi, il ne faudra pas que je vous dérange encore au cours de la soirée, dit-il d'un air aimable. A propos, Mr. Dickson, il faut m'excuser, mais l'horloge du hall avance de cinq minutes.

— Compris ! dit Harry Dickson. Mr. Wiggs a trouvé en vous un serviteur attentif.

L'hôtelier s'inclina sans répondre.

La cinquième minute s'écoulait quand, de nouveau, on frappa à la porte. C'était Mr. Wiggs. Il entra de l'air le plus naturel du monde.

C'était bien le petit gentleman replet et à la mine avenante de l'autre jour. La même figure mangée de barbe, le même ventre bedonnant sur lequel tressautait une antique chaîne de montre. Il ne lui manquait que des *knickerbockers* pour ressembler quelque peu au légendaire Pickwick, tant il y avait de bonhomie dans sa personne et dans son attitude.

— Bonsoir, Mr. Dickson, dit-il en frottant ses mains grassouillettes. Il fait froid ce soir ; le thermomètre a franchi le zéro en vitesse. Pourtant, nous allons manger froid... mais je crois que cela vous est déjà arrivé.

— Certainement, riposta le détective de bonne humeur, mais je vois avec plaisir que vous avez biffé le gâteau aux raisins et aux amandes du menu.

— Ah, dit Mr. Wiggs, en prenant une mine contrite, je regrette fort de ne pas avoir connu vos goûts. Mais aujourd'hui, je tiens à réparer largement cette erreur culinaire des derniers jours. Soupons-nous ?

— Et pourquoi pas ? repartit gaiement le détective.

Le souper fut charmant. Mr. Wiggs était un admirable causeur qui savait placer l'anecdote, Harry Dickson y alla même de la sienne, et, à les voir là, on se serait cru en présence de deux vieux amis, fervents de la bonne chère et des bons mots, et non devant deux implacables adversaires, à l'aube d'une partie formidable.

Enfin, le détective refusa une nouvelle coupe de Pommery et Greno.

— On cause ? demanda Mr. Wiggs.

Harry Dickson approuva d'un simple mouvement de tête.

— *In medias res*, commença Mr. Wiggs, c'est la seule citation latine que j'aie retenue et qui d'ailleurs me plaît beaucoup, puisqu'elle signifie : commençons immédiatement sans réticences.

» Votre fiancée est en mon pouvoir. Je vous la rendrai contre un certain service que vous allez me rendre : vous allez me dire où se trouve Soleil.

— Où se trouve Soleil ? répéta lentement le détective. Vous êtes donc bien certain que je le sais ?

Mr. Wiggs inclina la tête.

— Vous le savez, Mr. Dickson ! Depuis des jours, vous ne vous occupez plus de le chercher...

— Vous êtes bien au courant de mes actions !

— Je vous entends ! Donc, puisque Dickson ne cherche plus, c'est qu'il a trouvé. Voilà comment je raisonne. Ai-je tort ?

Harry Dickson le regarda longuement de son regard perçant.

— Non, fit-il doucement, je sais en effet où il se trouve.

— Très bien, nous pouvons terminer cette petite affaire, à présent. Voulez-vous recevoir, en échange de votre secret, votre charmante fiancée ?

— Je ne demande pas mieux !

Le visage de Mr. Wiggs s'éclaira.

— Votre parole, Dickson ! dit-il d'une voix un peu altérée.

— Vous l'avez !

De nouveau, Mr. Wiggs s'inclina, une flamme de triomphe dans les yeux ; puis il se dirigea vers la porte et appuya à plusieurs reprises sur le bouton de sonnette.

— Mlle Gilberte se trouvait donc ici ? demanda Dickson en souriant.

— Vous l'avez deviné ! Où pourrait-elle être mieux ? La table de la *Rose Noire* est entre toutes délicate et choisie ! Je crois qu'elle arrive d'ailleurs, ajouta Mr. Wiggs en se frottant les mains.

En effet, un coup discret fut frappé sur la porte et Gilberte Lusseaux parut. Son visage était très pâle, et la toilette blanche qu'elle portait accentuait cette pâleur inquiète et lasse.

— Une belle robe de mariée, dit Mr. Wiggs ; c'est mon cadeau personnel dans la corbeille de la mariée, ajouta-t-il en riant.

Gilberte regarda longuement le détective, et il lut une étrange détresse dans son regard.

— Car c'est une mariée que nous allons avoir devant nous, avant qu'il soit bien tard, s'exclama Mr. Wiggs.

Derrière la jeune fille, le patron de l'hôtel s'avançait. Il était en redingote noire et portait une bible sous le bras. Il s'inclina longuement devant Dickson.

— J'ai oublié de vous dire, Mr. Dickson, dit-il d'une voix onctueuse, que j'ai reçu les ordres dans ma jeunesse. Je suis le révérend Stilkins...

— Vraiment ? dit Harry Dickson, je crois me rappeler certaine histoire de faux en écritures et d'enlèvement de mineure...

— De l'histoire ancienne, en tout cas, Mr. Dickson, répliqua en souriant le restaurateur. Des peccadilles de jeunesse... que Dieu a pardonnées, j'en suis certain. Aujourd'hui, je suis bien fier de pouvoir unir le grand Harry Dickson à cette adorable jeune fille, pleine de vertus.

Gilberte Lusseaux chancela, Harry Dickson ne soufflait mot et regardait la figure triomphante de Mr. Wiggs.

— Je suppose que tout ceci est dans le programme de la soirée ? demanda-t-il.

— Très juste, excellent ami ! s'écria Mr. Wiggs, très juste, et voyez comme je suis bon prince : vous ne me réclamez qu'une fiancée et je vous donne une épouse, qu'en dites-vous ?

— Je vais répondre : une amabilité pour une autre, Mr. Wiggs. Vous me demandez où est Mr. Soleil, eh bien, au lieu de vous le dire, je vais vous conduire chez lui. Qu'en dites-vous à votre tour ?

Mr. Wiggs le regarda d'un air scrutateur, mais bientôt son visage se rasséréna et il se remit à frotter ses mains avec fureur.

— C'est très bien ainsi... allons, Révérend Stilkins, faites votre office !

Gilberte Lusseaux eut un regard de bête traquée que le détective remarqua très bien, sa pâleur s'accentua, mais elle ne dit mot ; seulement, ce regard s'attacha sur son fiancé avec une expression indéfinissable. Elle lui tendit la main : une main si glacée qu'elle semblait celle d'une morte et que Dickson réprima mal un frisson.

L'hôtelier-pasteur ânonna quelques formules, puis il unit les mains de Mlle Lusseaux et de Dickson au-dessus de la Bible.

— Gilberte Lusseaux, consentez-vous à prendre pour époux Harry Dickson ?

— Harry Dickson, consentez-vous à prendre Gilberte Lusseaux pour épouse ?

Deux fois, le oui sacramentel tomba.

— Mariés ! jubila Mr. Wiggs, et dire que je suis le premier à vous féliciter, mon cher Harry Dickson !

Le révérend Stilkins se confondit en congratulations, puis il tira un papier de sa poche et le tendit à Harry Dickson.

— Pardon, j'oubliais, voici les licences de mariage bien en ordre, dit-il.

— Tout a été prévu, je vous en félicite, répondit le détective.

— Et maintenant, s'exclama Mr. Wiggs, c'est à Mr. Dickson de tenir parole et de nous conduire chez cet admirable père Soleil ! La voiture est avancée et Mr. Stilkins, qui est décidément un homme bien précieux, nous conduira.

» Je prendrai place sur le siège à côté de lui, car je ne veux pas troubler le premier tête-à-tête de ces enfants !

Gilberte Lusseaux prit place dans la voiture et Harry Dickson s'installa à ses côtés. L'auto démarra.

— Quelle direction, Mr. Dickson ? demanda Mr. Wiggs.

— Barlow Street.

— Hein… quoi, êtes-vous sérieux en disant cela ? s'écria Mr. Wiggs d'un ton lourd de menaces.

— Tout ce qu'il y a de plus sérieux ; j'ai dit Barlow Street.

— Soit ! Filez en vitesse, Stilkins !

Les rues défilèrent obscures, ouatées de brouillard.

Gilberte Lusseaux se tenait sans souffler mot aux côtés de son mari. Soudain, elle murmura d'une voix étouffée :

— Je voudrais être morte !

7. Le Verseau et le Sagittaire

— Devant la maison de Hull ? demanda tout à coup Mr. Wiggs.

— Oui, répondit brièvement Harry Dickson.

— Soit, mais je vous assure, Dickson, que si vous vous jouez de moi, vous verrez que vous avez affaire à forte partie.

— Je vous affirme que je tiendrai parole en vous disant que je vous conduis chez Aristide Soleil.

— Tiens, vous connaissez son prénom ? demanda vivement Wiggs en se retournant sur son siège et en attachant un singulier regard sur le détective.

— Cela et bien autre chose encore, fut la réponse.

— Très bien, Dickson, je n'attendais pas moins de vous, du reste.

Le véhicule stoppa et ils descendirent.

L'épicerie, avec ses fenêtres closes aux volets éclaboussés par la boue des voitures, montrait le parfait visage de l'abandon.

— Il n'y a pas de verrous à l'intérieur, déclara Dickson, je suppose que vous savez parfaitement ouvrir cette porte, Mr. Wiggs ?

— Certainement, Mr. Dickson, je suis assez expert en la matière, rassurez-vous.

Et Mr. Wiggs n'avait pas menti en affirmant cela, car, en un rien de temps, il glissa un crochet dans la serrure, en fit jouer les déclics et aussitôt la porte fut ouverte.

L'odeur de l'épicerie, mêlée à un âcre relent de moisissure, les accueillit dans la maison du crime. Harry Dickson sentit que Gilberte tremblait à ses côtés. Mr. Wiggs alluma sa lampe de poche et la braqua sur le couple en disant d'un ton ironique :

— Vous n'avez pas l'air bien amoureux, Dickson ; rassurez donc votre femme qui n'a plus l'air du foudre de guerre de jadis !

— Assez, dit tout à coup Mlle Lusseaux d'une voix dure, que l'on fasse vite ; il me semble que cela dure depuis assez longtemps déjà.

Harry Dickson lui jeta un regard de côté, réprima un sourire, mais ne dit mot.

— Où allons-nous, Dickson ? jeta Mr. Wiggs d'une voix soudainement enrouée par l'émotion.

— Dans la cave !

Mr. Wiggs sursauta et Gilberte Lusseaux poussa soudain un sourd gémissement.

— Vous ne voulez pas dire..., balbutia le gros petit

homme.

Mais il n'acheva pas sa phrase et se mit à dégringoler les marches raides d'un escalier descendant vers les sous-sols.

— Dickson, dit-il tout à coup d'une voix altérée, l'avez-vous vu ?

Le détective haussa les épaules.

— Je n'ai pas besoin de voir pour savoir, Mr. Wiggs, c'est ce qui me distingue peut-être des « Illustres Fils du Zodiaque ».

— Au diable les allusions et les réticences ! objecta grossièrement Mr. Wiggs en s'arrêtant au milieu d'une cave spacieuse. Et dites vite... où ?

Harry Dickson tenait les yeux fixés sur le dallage d'un bleu gris.

— Voilà du mortier frais, dit-il. Creusez, il y a des outils dans ce coin à ce que je vois.

Ni Wiggs ni Stilkins ne dirent mot, mais, se saisissant de pics et de pioches, ils attaquèrent les dalles avec frénésie. Gilberte Lusseaux, comme absente, se tenait aux côtés de son mari sans paraître le voir.

Les dalles une à une descellées, apparut une sorte de caveau d'où s'élevait une odeur fétide.

Mr. Wiggs leva sa lampe à la hauteur de ses yeux et jeta un cri.

Un cadavre presque complètement momifié se tenait recroquevillé dans l'étroit espace, à côté d'un fouillis de pièces métalliques dévorées par la rouille et le vert-de-gris.

Harry Dickson s'avança à son tour : il tenait les bras croisés sur la poitrine et toute son allure était celle d'un justicier triomphant.

— Voici tout ce qui reste d'Aristide Soleil et de son œuvre ! dit-il.

— Mensonge ! hurla Wiggs avec rage.

— Détrompez-vous, malheureux, continua Harry Dickson : le vieux Soleil n'a jamais fabriqué de l'or ! Jamais ! Non... Ne m'interrompez pas. Quand il est tombé en votre pouvoir... Mais laissez-moi vous raconter votre propre histoire.

» Aristide Soleil croyait à la transmutation des métaux

et même il parvint à réussir quelques expériences fort curieuses, mais non transcendantes. Un jour, il crut avoir découvert ! Et il rêva d'une puissance terrible : fabriquer l'or au prix du vieux fer ! C'était la perte du crédit du monde, oui, celle du monde d'aujourd'hui dont la force est assise sur l'or.

» Mais dans son entourage, se trouvait quelqu'un pour partager ce rêve, tout en ayant l'idée de ne s'en servir qu'à ses propres fins.

» Et ce quelqu'un, c'était simplement... sa gouvernante ! Oh, une maîtresse femme, allez ! Une femme de tête ! Mais elle sentit fort bien que son maître aurait plutôt détruit son merveilleux secret que de le faire servir à d'autres fins qu'à sa mégalomanie. Elle parvint à faire croire au vieux savant que son nom, Soleil, était un nom prédestiné et elle songea aussitôt à l'entourer de signes imaginaires, bien adéquats à la situation pourtant : elle imagina toute une bande dont chacun des membres portait le nom d'un des signes du zodiaque. D'abord, cela flattait les goûts de mystère et de prédestination du savant ; ensuite, cela aidait à lui soustraire de fortes sommes.

» C'est alors que Soleil fit la décevante découverte qu'il ne pouvait pas plus fabriquer de l'or que les rose-croix et autres alchimistes des temps passés. Mais son orgueil était si grand qu'il n'en laissa rien paraître : sa fortune était considérable. Il la transforma en lingots d'or pur ! Déjà, grâce à l'argent, la bande imaginaire fonctionnait, c'est-à-dire que la gouvernante seule faisait agir de vagues acolytes. Cela avec assez d'astuce et d'intelligence pourtant pour effrayer le gouvernement français.

» Des tas de choses singulières arrivèrent dans les bureaux les plus jalousement fermés de plusieurs départements. Cela pourrait paraître incompréhensible si l'on ne savait pas que cette prodigieuse gouvernante avait une nièce qui possédait la pleine confiance de ce gouvernement, qu'elle servait fort bien comme la plus belle de ses détectives.

» N'est-ce pas, mademoiselle Lusseaux ?

— Oui, murmura Gilberte, continuez... Vous savez beaucoup, sinon tout!

— Mais elle aussi croyait à présent qu'elle pouvait manier l'or comme le sable de la mer et elle conçut le formidable projet d'étonner son gouvernement, car elle aussi avait donné dans le rêve de la toute-puissance!

» Elle laissa en abandon un nombre fantastique de lingots d'or! Ce qui était bien de nature à faire croire à ceux qui présidaient aux destinées de la France que la mystérieuse bande possédait une puissance presque sans bornes: celle de l'or et du mépris de ce métal précieux!

» Et Soleil se tut et y laissa toute sa fortune; et aussitôt après, il disparut. Ce fut un coup terrible pour Mlle Lusseaux et sa tante Martine!

» Car tante Martine, c'était la prodigieuse gouvernante.

» Il fallait retrouver Soleil, coûte que coûte.

» Entre-temps, le pauvre savant travaillait, dans une chambre de Barlow Street, à la réalisation de son œuvre et, un jour, pauvre naïf en criant victoire, il montra à son propriétaire, l'épicier Hull, le dernier lingot d'or qu'il avait conservé.

» Il fallait à son orgueil de folie que quelqu'un au moins crût à sa science. Le reste se devine: la terrible fièvre de l'or gagna Mr. Hull: en cachette, il épia son locataire, mais celui-ci, non dépourvu de malice, fit semblant d'ignorer cet espionnage. Il tirait de sa machine lingot sur lingot, qu'il dissimulait dans la cachette que voici... De fait, ce n'était que du cuivre doré par galvanoplastie, comme pourront en témoigner les restes des appareils dont vous voyez les débris.

» Et quand la cachette fut pleine, le démon de l'or eut raison de l'honnêteté de Mr. Hull qui assassina le père Soleil!

» Jugez de son désespoir quand il découvrit qu'il s'était chargé la conscience d'un meurtre pour une demi-tonne de plomb! Mais jugez aussi de sa terreur quand un jour la bande du Zodiaque vint lui demander des nouvelles de Soleil! Il joua au mystérieux, fit l'important, déclara qu'il ne dévoilerait jamais la retraite ni le secret de Soleil et...

se fit assassiner par... le Sagittaire, en l'occurrence la douce dame Martine !

— Dickson, dit tout à coup Mr. Wiggs, tout cela est vrai et je ne veux pas ruser avec vous, mais vous ne pouvez rien contre nous : vous ne pouvez pas, en tant qu'époux, porter témoignage contre votre femme, Gilberte Lusseaux !

— J'ai compris cela immédiatement, répondit le détective ; malheureusement pour vous, je ne suis pas le mari de Gilberte Lusseaux.

— Hein ? hurla Mr. Wiggs.

— Vous oubliez le Verseau...

— Le Verseau..., murmura Gilberte d'une voix mourante.

— Mais oui, Gilberte. Mendozza, votre époux, n'est pas mort ! Et la preuve, la voici !

— Seigneur ! cria Mlle Lusseaux en chancelant, blême d'horreur.

Mendozza, pâle mais bien vivant, se tenait dans l'ouverture de la porte.

— J'achèverai le récit pour vous, Mr. Dickson, dit-il. L'histoire du vieillard de Cadix était fabriquée de toutes pièces. J'étais en mission à Paris pour mon gouvernement quand j'ai fait la connaissance de Mlle Lusseaux. Je l'ai épousée en cachette comme elle l'a exigé, puis elle m'a gagné à son œuvre.

» J'ai cherché Soleil à Londres, sans parvenir à le trouver..., mais je vous jure que lorsque je vis Martine déployer une astuce infernale pour vous supprimer, je m'y suis opposé et je vous ai sauvé malgré elle.

» Mais, ce faisant, j'ai signé mon arrêt de mort ! Et c'est Gilberte, la femme que j'aimais, qui a accepté de l'exécuter ! Elle l'a fait en votre présence, pour gagner votre confiance, sachant que l'unique espoir de retrouver Soleil et la fortune, c'était vous, le grand Harry Dickson.

Il y eut un moment de silence puis le détective demanda :

— Vous m'avez en effet sauvé, Mendozza, que voulez-vous ?

— Je l'aime encore et c'est ma femme, Mr. Dickson, dit-il avec des larmes dans la voix. Loin de la sinistre Martine, elle redeviendra une femme aimante, guérie de sa folie d'antan.

Harry Dickson lui tendit la main.

— Soit, vous pourrez partir tous ! Au fond, en tuant Hull, le Sagittaire n'a fait que venger Soleil. Le chauffeur Thornycroft était un des assassins qui me traquaient dans Kings Road. L'inspecteur Carruthers échappera à la mort. Le pardon sera peut-être accordé en une certaine mesure à la bande des Illustres Fils du Zodiaque. Mais je tiens à ce que dame Martine aille se faire pendre ailleurs, en Amérique ou en Australie, loin de vous deux..., et l'honorable Stilkins fermera la taverne de la *Rose Noire* et filera également, s'il ne veut pas que je lui fasse faire connaissance avec les cachots de New Gate. A présent, Mr. Wiggs, veuillez ôter votre barbe postiche, depuis que je sais que dame Martine parle si mal l'anglais, je connaissais déjà votre identité.

A la place de Mr. Wiggs, une dame Martine bien abattue apparut.

— Vous ferez fortune au théâtre dans des rôles de composition, tante Martine, dit le détective, mais désapprenez à jouer du couteau et à diriger des bandes de voyous. Un jour ou l'autre, cela pourrait mal finir.

» Mr. Wiggs assassin, puis commissionnaire empoisonneur, enfin Mrs. Crown meurtrière à son tour ! Diable, vous en avez incarné des rôles noirs ! Mais je vous préviens : ne vous mettez plus en travers du bonheur de Mendozza et de sa femme.

Il se tourna vers Gilberte sanglotante.

— Votre carrière de policière est rudement compromise, dit-il, depuis que vous tirez sur un homme qui porte une fine cuirasse d'acier sous sa chemise de soirée et que vous ne savez pas voir qu'un homme joue au mort vivant. Allez, faites-vous pardonner, par une vie sans reproche, cette singulière peccadille... conjugale.

— Harry..., s'écria soudain Gilberte Lusseaux en se tordant les mains.

Mais Harry Dickson fuyait déjà dans l'escalier et ne l'écoutait plus.

LE VAMPIRE QUI CHANTE

1. Messieurs Jinkle et Lorman

Sire Halewyn chantait une chanson
Et toutes celles qui l'entendaient
Voulaient être auprès de lui...

La chanteuse plaqua un accord et, faisant virevolter le tabouret du piano, fit face à ses auditeurs.

— C'est une vieille chanson flamande du XIIIe siècle, dit-elle, tirée d'une terrible légende que je vous raconterai, messieurs...

» Dans une sombre forêt de la West-Flandre habitait un châtelain de sinistre renommée. Cruel, sanguinaire, félon, il était hideux à voir, avec son groin de sanglier et ses yeux d'effraie ; mais la nature l'avait doué d'une voix merveilleuse, et quand il chantait les fileuses quittaient rouet et quenouille ; les dentellières coussins et écheveaux de fil ; les filles qui travaillaient aux champs jetaient leur serpette au loin ; les bergères oubliaient leur houlette dans quelque fossé ; et, même au fond des manoirs voisins, les belles Isabeau laissaient traîner leurs livres d'heures. Toutes accouraient au château de Sire Halewyn, qui chantait d'une voix si douce, et qui s'empressait de leur couper le cou.

— Je suppose que ce gentleman reçut la juste récompense de ses forfaits ! fit un des auditeurs.

— Monsieur Dickson, vous ne songez qu'à la vengeance, à nouer la corde du supplice autour du cou des criminels ! s'écria la chanteuse.

— Je suppose également, madame Servin, répondit le

détective en s'inclinant, que vous ne nous avez pas chanté cette mélancolique et cruelle complainte sans une certaine intention. Cette légende vieille de centaines d'années se rapporte étrangement aux faits qui m'ont amené dans ces parages.

— Avec cette différence que le vampire de Marlwood n'attire pas ses victimes par le truchement de son chant, fit remarquer quelqu'un dans l'assemblée. Il se peut aussi que nos fillettes, plus sages que celles de l'an mille, n'aillent pas si vite à la mort sur la foi d'une belle voix.

— Notre vampire chante au contraire quand il a tué, comme un coq anglais crie victoire, acquiesça Harry Dickson.

Marlwood est une vieille bourgade de l'ouest de l'Angleterre, d'un pittoresque accompli. Ses monuments séculaires, sa mairie de pierre grise, ses trois églises romaines, ses ruelles étroites aux adorables maisons archaïques, tout cela dort, comme une cité de conte de fées, au milieu de magnifiques bois de chênes. Il n'existe de paix comparable à celle de Marlwood, dont la population est aisée, chasse, pêche, vit de travaux d'art et gagne encore quelque argent supplémentaire avec les touristes, tout en n'attirant guère ces derniers. *Marlwood semble avoir échappé au temps et à sa marche en avant*, ont dit quelques écrivains, qui se sont servis de ce cadre prestigieux pour y faire vivre des personnages de roman.

Mais voici que cette ère de paix s'est enfuie à jamais.

Marlwood s'est réveillée de son rêve de Belle au Bois Dormant, pour vivre le plus atroce des cauchemars.

L'affaire du « Vampire qui chante » est née dans les murs de la cité du bonheur. Voici les faits relatés dans toute leur horreur, moins la sécheresse de mise dans les annales criminelles.

Par un beau soir de mai, les habitants de Marlwood, se promenant sur les remparts, entendirent tout à coup une voix merveilleuse s'élever dans la forêt. Elle chantait, dans une langue inconnue, une chanson inconnue.

Etait-ce une voix de femme ou d'homme ? Personne

n'aurait pu l'affirmer, et des discussions passionnées s'élevèrent sur l'heure.

Des paris s'engagèrent même, et ce fut là la cause du départ d'un groupe de gentlemen vers l'endroit où la voix continuait à s'élever.

Le pari principal était engagé entre le maire, Mr. Pritchell, et un des plus gros bonnets de la ville, le négociant en vins Coriss.

— Voix de femme, prétendait Mr. Pritchell.

— Voix de ténorino, ripostait le vieux Coriss, mais en tout cas une voix d'homme, monsieur le maire !

Ils arrivaient à un endroit de la forêt appelé Combe du Geai, quand soudain la voix se tut.

— Diable ! c'est bien ennuyeux, marmottèrent les parieurs.

— Holà ! la belle artiste, montrez-vous donc !

— Pardon, « le » bel artiste ! corrigea Mr. Coriss en insistant sur le genre masculin du chanteur.

Personne ne répondit. Seuls, quelques merles effarouchés s'enfuirent sous le couvert en sifflant.

La nuit n'était pas complète : une dernière clarté bleutée traînait encore à la cime des arbres et permettait de voir à quelques pas.

Mr. Pritchell, qui marchait en avant, poussa un cri.

— Elle est tombée, la malheureuse !

— Vous voulez dire qu'« il » est tombé, le malheureux ! répliqua Mr. Coriss. Vous voyez bien, monsieur le maire, qu'il s'agit d'un homme.

Une forme sombre gisait en effet au pied d'un chêne séculaire, la tête enfouie dans la mousse épaisse.

Des allumettes et des briquets à essence flambèrent, de petites flammes éclairèrent la Combe du Geai.

Mais une clameur d'unanime horreur s'éleva : l'homme, car c'était un homme, était étendu dans une mare de sang, que la terre limoneuse de l'endroit buvait mal.

— Mais c'est Jinkle, le relieur d'art ! s'écria Mr. Pritchell.

Bram Jinkle était un relieur réputé dans toute l'Angleterre, et même sur le continent. Il était très riche, très versé dans l'histoire locale, et de son atelier, véritable musée d'art ancien, ne sortaient que des reliures aux prix exorbitants, que pourtant les amateurs se disputaient à grands coups de bank-notes.

Le vieillard — Jinkle avait dépassé largement la soixantaine — avait eu la gorge tranchée avec une sauvagerie inouïe ; tout le sang de son corps avait fui par les carotides sectionnées.

En tant que chef de la police locale, Mr. Pritchell fit les premières recherches, qui ne menèrent naturellement à rien d'autre qu'à constater un affreux assassinat, commis en de bien mystérieuses circonstances.

— Une chose est certaine, avait ajouté le maire, repris pendant une courte minute par sa manie de parieur. Tout le monde sera d'accord pour dire que ce n'était pas Mr. Jinkle qui chantait.

Mr. Coriss lui-même dut avouer que Bram Jinkle possédait tout au plus « une voix de trombone ».

Huit jours plus tard, jour pour jour, vers la même heure, la voix mystérieuse s'éleva à nouveau, cette fois à l'est de la ville, à l'endroit dit « La Mare Bleue ». C'était un petit étang à nénuphars, sur les bords duquel les amoureux de Marlwood venaient rêver par les beaux crépuscules et échanger des serments éternels.

Ce fut une véritable ruade en groupe qui eut lieu, et Mr. Pritchell dut user de toute son autorité pour limiter l'accès de cette partie des bois aux délégués de l'autorité.

On se trouva bientôt devant le cadavre de Mr. Andréas Lorman, un rentier quinquagénaire, très honoré dans la cité, bien que vivant d'une façon retirée. On le disait puritain et fort à cheval sur la morale ; il possédait des rentes considérables et passait pour un tantinet avare.

Mr. Andréas Lorman était mort de la même façon que le relieur d'art, et personne ne lui prêta davantage la voix merveilleuse.

Mais, dès la minute tragique où l'on découvrit le second cadavre, tout le monde fut d'accord pour ne plus accorder cette voix aux victimes, mais bien à l'auteur du crime. « Le Vampire qui chante » était né.

Alors, les habitants les plus huppés de la ville se réunirent, sous la présidence de Mr. Pritchell, pour délibérer. Il n'était pas douteux que Marlwood allait devenir le point de mire du public anglais. On pouvait s'attendre à une invasion de policiers, de gens de loi, de détectives professionnels, d'amateurs et, créatures redoutées entre toutes, de reporters de la presse londonienne, qui vraiment ne respectent rien.

Mr. Pritchell poussa le cri d'alarme et tous y répondirent.

— Il faut épargner à notre tranquille cité la fâcheuse publicité du crime, décida monsieur le maire. Certes, il faut que l'enquête soit menée, et bien de main de maître, et il faut surtout que le coupable soit pris et châtié, pour que la paix que nous méritons nous soit rendue.

On discuta jusqu'à une heure avancée de la nuit et, enfin, un nom rallia tous les suffrages : Harry Dickson.

Il fallait que le grand détective se chargeât d'éclairer la justice de Marlwood ; il fallait qu'il chassât les ombres redoutables du mystère. Seulement, on le prierait d'y apporter toute la discrétion voulue.

Et c'est ainsi qu'en cette belle soirée de juin, nous trouvons Harry Dickson et son élève Tom Wills prenant le thé chez Mr. le maire Pritchell et écoutant chanter Mrs. Servin, dame patronnesse de Marlwood, à qui la cinquantaine n'avait enlevé ni les charmes ni une jolie voix de soprano. Mr. Pritchell avait fait la présentation des hôtes de choix qui prenaient part à ces simples et frugales agapes : Mr. Coriss, qui fut mêlé de près à la première affaire, comme nous le savons ; le juge Taylor, un vieux barbon spirituel et causeur ; Mr. Tapple, brasseur, fabricant d'une ale réputée et poète à ses heures ; un jeune couple charmant et un peu effacé ; les Norwell, grands propriétaires fonciers ; Mr. Trunch, homme malpropre et goinfre, que l'on craignait parce que directeur-propriétaire de l'unique feuille locale, le *Marlwood Dispatch* ; Mrs. Prettyfield, directrice du théâtre municipal — une blonde sur le retour, mais d'apparence encore bien agréable ; Mr. et Mrs. Jameson, importants marchands de gros de la place ;

et le triste et maussade Sir Cruckbell, habitant le grand château seigneurial, dont une des façades occupe un côté de la grande place de Marlwood, et qui possède encore au milieu des bois environnants un manoir de magnifique allure et d'immense valeur historique.

— Oui, monsieur Dickson, dit Mrs. Servin en pivotant de plus belle sur le tabouret à coussin de peluche rouge, oui, monsieur, j'ai chanté cette complainte à dessein. Je me demande si le vampire qui chante n'y a pas puisé sa criminelle inspiration...

— Un poème qui pousserait au plus vil des forfaits ! s'indigna Mr. Tapple avec emphase. Non, non, je ne puis y croire, madame Servin.

Trunch partit d'un gros rire, et il s'appliqua des claques sonores sur les cuisses, qu'il avait épaisses comme des jambons.

— Ce serait un bon mot de la fin pour le prochain numéro du *Dispatch*, claironna-t-il. Mais j'ai promis de ne rien publier qui ne passe auparavant par votre censure, monsieur le maire, et Trunch n'est pas homme à oublier ses promesses.

Il se cura les dents avec un bout d'allumette, renifla et promena des regards insolents sur l'assistance.

— J'ai conscience de faillir un peu à mon devoir de représentant de la presse, d'écho de l'opinion publique, mais je suis avant tout l'ami des habitants de Marlwood, et mes intérêts sont les leurs.

Il se tourna vers le détective, qui l'écoutait avec une politesse distante.

— Mille regrets, Dickson, de ne pouvoir vous faire de la réclame dans mon canard. Vous allez devoir travailler dans l'ombre, mon vieux !

Mrs. Prettyfield, qui sentait la gêne planer, se hâta de détourner cette pénible conversation.

— Je regrette de ne pas avoir entendu la voix merveilleuse. Si le vampire, au lieu de donner dans le crime, avait voulu contracter un engagement chez moi, il aurait gagné plus d'argent que ne lui ont sans doute rapporté ses horribles meurtres.

— Les victimes étaient dépouillées de leurs valeurs? demanda Harry Dickson en se tournant vers Mr. Pritchell.

— Non, répondit le maire, elles ne l'étaient pas. Pourtant, Mr. Andréas Lorman était porteur d'un portefeuille bien garni, et l'infortuné Jinkle avait toujours dans son gousset une montre splendide, rehaussée de pierres précieuses. J'opte pour un tueur massacrant par goût du crime et du sang, un véritable vampire, dans toute l'acception du mot.

— Ce qui signifie toujours une complication dans les recherches, avoua Harry Dickson. Le criminel qui tue sans profit matériel a bien plus de chances d'échapper à la justice des hommes que son confrère, qui agit par appétit du gain. Pourtant, les cas du genre sont plutôt rares.

— Ils ne l'étaient guère au temps jadis, répliqua sèchement le châtelain Cruckbell, ouvrant la bouche pour la première fois de la soirée.

— Mais nous ne sommes plus au temps jadis, Sir Humphrey Cruckbell, répondit Harry Dickson en souriant.

— Nous le sommes à Marlwood, trancha le vieux hobereau. Nous n'avons pas marché avec le progrès, et j'en remercie le Ciel, sinon la vie m'y serait intenable. Si vous voulez me faire l'honneur d'une visite, un de ces jours, monsieur Dickson, je vous ouvrirai les archives de Cruckbell, et vous ferez la connaissance de monstres du siècle dernier, qui valent bien le chanteur assassin d'aujourd'hui.

Le détective considéra avec sympathie la belle tête, blanche et chenue, du vieux gentilhomme. Certes, tout en lui respirait une hautaine réserve envers tous ceux qui l'approchaient, mais ses yeux brillaient d'intelligence, et Harry Dickson, grand connaisseur d'hommes, croyait y lire une bonté voilée.

— Je me ferai un plaisir d'accepter votre charmante invitation, Sir Humphrey, répondit-il en s'inclinant.

— Bah! grasseya à son tour le journaliste, pendant que vous êtes à faire des visites au monde de Marlwood, Dickson, passez donc, quand cela vous chantera, par les bureaux de rédaction du *Dispatch*. Je vous lirai quelques articles de mon cru, qui n'ont certainement rien d'ancestral, mais qui pourront éclairer votre lanterne. Si je ne les publie pas, c'est que je suis tenu par ma promesse.

— A mon tour, monsieur Dickson, de me montrer aimable, dit gentiment Mrs. Prettyfield. Le théâtre municipal de Marlwood, que j'ai l'honneur de diriger, vous offre, ainsi qu'à Mr. Wills, une loge permanente. Nous donnons deux représentations par semaine : le lundi et le jeudi. J'espère que vous ne serez pas un critique trop sévère pour mes humbles artistes.

— Ils sont parfaits, tonna Trunch, et vous-même, Jenny, vous êtes adorable dans vos rôles, je n'hésite ni à le dire ni à l'écrire, comme tout le monde ici présent le sait d'ailleurs.

Le nom « Jenny », lancé brutalement sans être précédé du mot de « madame », jeta un froid dans l'assemblée. La directrice rougit et sa bouche se durcit ; Mrs. Servin prit également un air pincé, tandis que les messieurs prenaient des attitudes distantes et faussement inattentives.

Mais Trunch s'en soucia fort peu. Il connaissait sa puissance de journaliste de province, détenteur de bien des petits secrets de famille qu'en une saute de mauvaise humeur, sa plume fielleuse pouvait vouer à la malignité publique.

— Je suis persuadé que vous allez vous mettre à l'ouvrage dès demain, monsieur Dickson ! fit Pritchell, pour dire quelque chose.

— C'est mon intention, monsieur le maire.

— Marlwood possède un officier de police et six hommes dévoués. Il va de soi qu'ils sont tout à fait à vos ordres.

— Je vous remercie, sir, et je ferai appel à eux quand le besoin s'en fera sentir. Dans les premiers jours, je crois pourtant que je me contenterai d'agir seul. L'aide de mon élève Tom Wills, ici présent, me suffira.

— Vous agirez comme vous l'entendez, monsieur Dickson.

C'était une phrase polie de congé. D'ailleurs, plusieurs invités se levaient.

— Vous êtes descendu à l'Hostellerie de la Tour, n'est-il

pas vrai, Dickson ? demanda Trunch. Fameuse maison, allez ! Un de ces soirs, je m'y inviterai moi-même, pour y déguster en votre compagnie des écrevisses au vin blanc et un ragoût de volaille sans pareil sur la terre entière. Bons lits, bonne cave et service soigné. Je vous donne un brin de conduite. J'occupe des chambres dans Boundstreet, qui est à un pas de l'Hostellerie.

On prit congé des hôtes et des autres invités, et le journaliste passa familièrement son bras sous celui du détective. Tom Wills marchait à leurs côtés en fumant silencieusement une cigarette.

— Holà, jeune homme de bonne mine ! ricana grossièrement le fâcheux. Que dites-vous de l'opulente Mrs. Jameson ? Elle vous a dévoré des yeux tout au long de cette fade soirée ; elle vous invitera sûrement à son prochain thé, car elle est friande de chair fraîche. Si jamais on vous trouve assassiné, je crierai tout haut que c'est la Jameson qui a fait le coup. N'allez pas croire maintenant que je la vois tremper dans le double meurtre de la forêt. Ah ! non, les victimes étaient par trop coriaces, et trop peu à son goût ; cette ogresse multimillionnaire ne veut que de la chair jeune à se mettre sous la dent. Il va de soi que je parle au figuré...

Tom Wills rougit sous la gratuite injure et continua à se taire. Trunch s'enhardit devant ce silence, qu'il jugeait approbatif.

— Tom Wills ! Tombeur des cœurs de Marlwood ! Ah ! ah ! Le vieux Bob Trunch n'a pas les yeux en poche. La petite Norwell vous a regardé longuement avec ses beaux yeux de gazelle, et même la vieille Servin, qui est une vertu, semblait s'humaniser au contact de l'éphèbe détective que vous êtes.

— Et la belle Mrs. Prettyfield ? demanda Harry Dickson qui s'amusait silencieusement de l'embarras de son élève.

— Jenny ? Bas les pattes mes petits ! Voilà une chasse privée !

— Il est vrai, observa Harry Dickson, que le théâtre a besoin du journalisme.

— Ce vieil Harry Dickson ! Toujours clairvoyant ! s'esclaffa Trunch. Je compare tantôt notre Jenny municipale à Sarah Bernhardt, tantôt à la Duse, voire à Mary Bell ou à la Spinelly !

La soirée était chaude et un peu lourde. Le journaliste épongeait son front moite et, d'avoir tant bavardé, il devait se sentir du feu dans le gosier. On était arrivé devant l'Hostellerie de la Tour, dont les fenêtres basses luisaient doucement dans la nuit. Une terrasse abritée de lauriers en caisses, avec des petites tables couvertes de napperons blancs, formait une puissante invite aux passants. Harry Dickson proposa un verre de bière fraîche au journaliste qui accepta l'offre avec enthousiasme, en disant :

— C'est le seul établissement de la place qui débite de la bière allemande et luxembourgeoise. Des demis bien tirés, sans faux cols trompeurs.

— Oh hep ! continua-t-il. Trois Diekirch et vivement !

Un peu de silence tomba autour de la table solitaire, où trois hommes assoiffés jouissaient de la boisson fraîche et parfumée et de la tiède soirée. Une clarté mobile et diffuse, faite de lune naissante et de rayons d'étoiles, nimbait devant eux la sombre silhouette du château médiéval des Cruckbell.

— Une merveille de pierres grises, de dentelles cimentées, d'architecture ancienne, admira Harry Dickson en laissant errer ses yeux sur les hautes tours percées du regard sombre des meurtrières.

— Un nid à rats, trancha le journaliste en vidant son verre et en tapant sur la table pour en réclamer un second, et digne en tout point de cette antiquaille radoteuse qu'est le baronnet Humphrey.

— Vous ne semblez guère l'estimer, monsieur Trunch ?

— C'est vrai ! Je vous l'avoue en toute sincérité, grogna le directeur du *Dispatch*. C'est un homme mal élevé. Jugez par vous-même, Dickson. Voilà à peine quelques heures que vous êtes à Marlwood, et ce vieux hibou vous invite à venir admirer ses fonds de greniers, tandis que moi, Bob Trunch, directeur-propriétaire de l'unique journal de la ville, un citoyen de prime importance, il ne m'a pas encore adressé une parole depuis les années que j'œuvre ici, pour le bien public. Loin donc d'y avoir été invité ! Mais je ne m'en soucie guère, car je sais qu'on fait maigre chère dans ce nid d'effraies et de choucas. On raconte que Cruckbell tend des pièges aux corbeaux qui gîtent dans les tours, pour en corser son lamentable pot-au-feu. Grand bien vous fasse, Dickson, des menus somptueux que le vieux vous y offrira.

Le détective fit servir de nouvelles consommations, que son invité accueillit avec empressement.

— Et l'affaire du Vampire, monsieur Trunch ? dit négligemment Dickson. Comme journaliste, vous avez dû vous former une opinion à ce sujet.

Bob Trunch prit une attitude réservée, bien que la langue lui démangeât et qu'il se sentît furieusement fier d'être pour ainsi dire consulté par le plus grand détective d'Angleterre.

— Hm ! fit-il en toussant pour s'éclaircir la voix et faire valoir ses réticences. Nous sommes dans une bien petite ville, Dickson, et qui dit petite ville dit cancans, calomnies sans nombre, idées étroites, malveillance sans réserve. N'est-il pas vrai ?

Harry Dickson approuva avec une véhémence marquée.

— C'est très juste, ce que vous dites là, monsieur Trunch, et je tiendrai certainement compte de ces considérations.

Le journaliste, croyant déjà, ni plus ni moins, avoir aiguillé le détective sur la grande piste du crime, se rengorgea.

— Vous avez dû observer autour de vous pendant le thé du maire, continua-t-il. J'ai d'ailleurs suivi vos regards, et je sais ce qu'ils voulaient dire : Eh bien ! tous ces gens se suspectent mutuellement !

Le détective tiqua : il tenait Trunch pour un parfait imbécile, mais il reconnaissait que, cette fois, le journaliste venait d'énoncer une vérité première. Il avait épié les regards gênés de Pritchell allant vers Tapple, ceux de Tapple allant vers Jameson, ceux de Jameson tournés vers le juge ou Sir Humphrey Cruckbell.

— Pourtant, continua Trunch, tous ces gens-là pourraient fournir d'indiscutables alibis. Mais la méfiance provinciale est telle, Dickson, que pour l'amour de médire du prochain et le perdre, si faire se peut, on en viendrait à admettre le don d'ubiquité, même le juge Taylor.

Harry Dickson sourit mais, de nouveau, il dut convenir in petto que Trunch n'avait pas tort.

Il l'observa à la dérobée. L'homme était petit, balourd et malpropre ; sa barbe était mal taillée, son rictus sempiternel découvrait des dents gâtées, à chaque rire sa bedaine tressautait sous la chemise douteuse, mais de l'intelligence se lisait dans son regard.

Le patron de l'hôtel vint avertir ses clients que, le chef de cuisine allant se retirer, il était obligé de faire servir le souper.

Trunch déclina la molle invitation du détective à partager son repas. Il avait flairé des côtelettes de mouton, et le menu lui paraissait trop peu fastueux. Son Excellence Bob Trunch avait l'odorat aussi subtil qu'il avait la vue nette et acérée.

2. Monsieur Tapple

La Combe du Geai était déserte. Il n'y avait rien d'étonnant à cela car, depuis le double meurtre, les gens de Marlwood évitaient de se promener sous bois. Harry Dickson pouvait donc se consacrer à son enquête, sans crainte d'être dérangé par des fâcheux ou des curieux.

Il n'avait pas grand espoir de découvrir quelque chose, car l'endroit avait été piétiné à souhait par l'autorité d'abord, par les gens avides de nouvelles ensuite. Seules témoignaient encore du crime quelques éclaboussures insolites, tournées au noir, sur l'écorce d'un grand chêne.

Des petits coups secs, précipités, firent soudain lever la tête au détective. Il vit, à deux toises au-dessus de lui, s'enfuir une petite forme olivâtre, puis le martèlement reprit dans les hauteurs.

— Monsieur le pivert cherche pitance, dit le détective en souriant et en suivant, d'un œil amusé, l'effort patient de l'oiseau grimpeur.

Mais son geste ne fut pas inutile, car il devint tout à coup attentif. Quand le pic se fut perdu dans l'ombre de la frondaison, Dickson demeura le nez en l'air, comme s'il cherchait une solution dans la ramure. Y était-elle ? Peut-être…

Une branche brisée avait attiré son regard, puis d'autres rameaux environnants, présentant tous des cassures assez fraîches.

Il aurait volontiers tenté l'escalade de l'arbre, mais le tronc était passablement lisse, les maîtresses branches se trouvaient à une hauteur considérable du sol, et il lui fallut renoncer pour l'heure à ce projet.

Mais l'œil exercé du maître découvrit les froissements, les blessures, bref tout ce qui dérangeait la tenue du roi de la forêt.

« Comme si un grand singe avait passé par là », fut sa première idée. Mais il y renonça aussitôt. La vie des grands fauves de la jungle lui était trop familière, pour qu'il adhérât à une semblable opinion. Le plus lourd quadrumane, fût-il orang-outang ou gorille, passe à travers les branchages sans plus les froisser que ne le ferait un humble passereau.

Il resta quelque temps rêveur, jusqu'à ce que le pic eût réapparu. La présence du grimpeur, et sa persistance à demeurer sur l'arbre, lui fournit un nouveau sujet de réflexion.

« L'oiseau cherche des vers sous l'écorce, mais il profite surtout des blessures faites dans l'arbre pour se gaver des vermisseaux mis à nu de cette façon. Quelqu'un a résidé là-haut, sans grande délicatesse de gestes. Nous y reviendrons s'il le faut… »

De nombreux sentiers, bien entretenus, s'ouvraient dans le taillis ; ils permirent au détective de parcourir la forêt en aussi peu de temps que possible, et de se trouver bientôt sur les bords fangeux de la mare bleue, également de sinistre mémoire.

Là, il ne dut pas chercher longtemps.

Il retrouva les branches cassées, les rameaux pendants, l'écorce labourée par de gros souliers.

Cette fois, les nodosités d'un vieux hêtre pourpre lui fournirent un bon moyen d'escalade. Il monta le long du fût rugueux, et bientôt s'enfonça dans la petite sylve des feuilles brunes.

Soudain, il poussa un sifflement caractéristique, celui que Tom Wills lui connaissait à chaque découverte. Sa main droite venait d'être abondamment poissée de sève. Des branches cassées l'entouraient, fraîchement saignantes. Harry Dickson, à califourchon sur une grosse branche, examina ces plaies végétales, et il grogna :

— C'est tout récent... Cela ne date pas du jour du meurtre... Oh, non ! Il n'y a pas une demi-heure, j'en jurerais, quelqu'un était assis au même endroit que moi, explorant ces hauteurs.

En vain il regarda autour de lui, en quête de quelque fil d'étoffe accroché à une aspérité ligneuse. L'arbre lui refusait toute autre trace que celle de ses meurtrissures.

Il s'apprêtait à descendre, et ses pieds cherchaient déjà un appui le long du tronc, quand une voix aiguë s'éleva sous lui.

— Si vous descendez, bandit, je vous tue !

Le pied du détective toucha un gros nœud de bois et, désobéissant à l'ordre, Dickson descendit de deux pieds.

Aussitôt une détonation éclata, et une balle siffla à ses oreilles.

Il était trop tard pour se garer.

Le détective ouvrit les bras et tomba sur le sol qui, largement feutré de mousses et d'humus, amortit heureusement sa chute.

Un cri de frayeur retentit et le taillis bruissa de toutes ses feuilles, dans la rumeur d'une course affolée.

Harry Dickson vit les buissons s'agiter, une forme obscure disparaître. Déjà, bravement, il s'élançait à sa poursuite.

Le taillis était épais, et le fuyard n'avançait pas vite. Le détective, bien plus rompu aux exercices de ce genre, gagnait de seconde en seconde sur lui. Déjà, il entendait sa respiration précipitée, quand un second coup de feu retentit. Mais la balle, mal ajustée, se perdit dans les frondaisons. L'instant d'après, le détective aperçut une forme qui filait droit dans un sentier de traverse.

— Plus un pas ou je tire! tonna-t-il en braquant son revolver.

Le fuyard poussa une exclamation d'étonnement et se retourna.

— Monsieur Dickson!... Comment, c'est vous? Dieu soit loué!

L'intonation de la voix était trop sincère pour s'y méprendre.

— Monsieur Tapple!

Le brasseur-poète laissa tomber son arme et joignit les mains.

— Je remercie le ciel d'être un piètre tireur! s'écria-t-il.

— Et moi donc, monsieur Tapple! répondit moqueusement le détective.

— Je pensais... je pensais... balbutia le brasseur.

— Dites-moi donc ce que vous pensiez, monsieur Tapple. Je crois que ce sera d'un réel intérêt pour moi...

Mais la bonne figure lunaire du brasseur se rembrunit, se referma.

— Je croyais que c'était... LUI.

— L'assassin de la Combe du Geai et de la Mare bleue?

— Oui...

Harry Dickson regarda le petit homme débonnaire, qui tremblait et dont les lèvres étaient livides.

— Pensiez-vous, monsieur Tapple, le trouver ici?

L'homme promena des regards effarés autour de lui.

— Oui... non... c'est-à-dire...

— Vous avez fait de même dans la Combe du Geai. Vous n'êtes pas un bien habile grimpeur, et si je n'ai pas trouvé des lambeaux de votre costume aux branchages, c'est qu'il est en cuir huilé, matière tout à fait appropriée à ce genre d'acrobaties. Mais pourquoi cherchiez-vous le criminel dans les arbres et non sur le sol, monsieur Tapple ?

Le brasseur passa sa langue sur ses lèvres sèches et ampoulées de fièvre.

— Je ne sais pas…

Harry Dickson lui lança un regard sévère.

— Savez-vous, monsieur Tapple, que vous me mettez dans une position bien embarrassante, que j'aurais le droit de vous suspecter, même de vous faire arrêter sur-le-champ ?

— Mais je ne suis pas un assassin, moi, monsieur Dickson !

— Je ne demande que de vous croire, et à vrai dire je ne songe pas une seconde à vous inculper. Mais vous ne prêtez pas à la justice l'aide qu'elle est en droit d'exiger de vous. En ce faisant, vous vous faites complice d'un odieux criminel.

Le pauvre brasseur-poète était bien près de pleurer, mais il n'en persistait pas moins à secouer la tête d'un air lamentable… et à se taire.

— Vous avez un secret, monsieur Tapple ! dit tout à coup Harry Dickson — et il n'y avait plus de sévérité dans sa voix, mais plutôt un accent de commisération. Il doit vous peser bien lourdement. Peut-être l'heure n'est-elle pas venue de me le confier. Je sais que vous êtes un honnête homme, et un homme de bien avant tout ; j'essaierai donc de respecter votre secret. Mais songez qu'en agissant de la sorte vous laissez en liberté un bandit qui ne demande peut-être qu'à continuer la noire série de ses forfaits.

Harry Dickson avait parlé avec une sorte d'emphase, bien de nature à frapper le caractère romantique de Tapple.

Celui-ci garda le silence pendant quelques minutes.

— Monsieur Dickson, dit-il enfin, vous venez d'énoncer une grande vérité : je possède un secret. Ce n'est pas le mien. Je ne connais pas l'assassin. Je ne dis pas que je n'ai aucun soupçon, mais il est d'un vague… d'un imprécis. Je ne vais pas le garder pour moi seul, et je vous le communiquerai : si je suis ici, c'est pour me défendre !

— Mais contre qui ? s'écria le détective.

— Contre le Vampire qui Chante !

— A-t-il tenté quelque chose contre votre vie, monsieur Tapple ?

— Non, répondit le brasseur avec fermeté, c'est-à-dire pas encore... Mais il le fera, j'en suis certain.

— Pourquoi ? demanda sèchement Harry Dickson.

Le brasseur se rapprocha de son interlocuteur et murmura :

— Parce que j'ai découvert quelque chose !

— Puis-je savoir ?

— Oui, tout au moins en partie : c'est qu'entre Mr. Jinkle, mort, et entre Mr. Lorman, mort également, et entre moi, Tapple, vivant, il existe un point commun. C'est tout ce que je puis vous confier pour l'heure, et je ne puis vous dévoiler ce point commun. Cette partie de mon secret ne m'appartient pas à moi seul !

Harry Dickson s'était assis sur une souche d'arbre. Il bourra sa pipe.

— Dites-moi quels sont les autres gentlemen de Marlwood qui possèdent également ce point commun avec les victimes, monsieur Tapple, dit-il négligemment.

Tapple rougit et pâlit tour à tour, mais il ne répondit pas.

— Je formulerai ma question autrement, insista le détective, et d'une façon qui vous fixera mieux sur vos responsabilités futures : quels sont les habitants de Marlwood qui semblent destinés, ainsi que vous-même, à devenir prochainement les victimes du vampire mélomane ?

Le brasseur soupira profondément.

— Vous êtes un homme terrible, monsieur Dickson, et je ne puis me dérober à une question posée de cette manière. Je n'ai pas le droit de me taire, parce que vous devez étendre votre protection d'une façon toute particulière à trois gentlemen, en dehors de moi.

Il réfléchit un moment et dit d'une voix grave :

— Voici les noms. Il s'agit de Coriss, du juge Taylor et de Sir Cruckbell.

Harry Dickson prit Mr. Tapple par la main.

— Connaissez-vous la créature qui tue ?

— Non, mille fois non, je vous le jure sur mon salut éternel ! s'écria Tapple.

— Soit, mais vous savez, ou croyez savoir, pourquoi elle tue ?

— Oui, murmura le petit brasseur, je crois le savoir. Mais ne m'en demandez pas davantage, monsieur Dickson. Faites-moi plutôt mettre en prison.

— Je ne le ferai certes pas, monsieur Tapple. Seulement, je regrette fort que vous continuiez à vous exposer à un danger évident, vous et vos amis.

Mr. Tapple se redressa fièrement, la lumière des fortes résolutions dans les yeux, puis il se baissa pour ramasser son revolver.

— Je vous assure que je ne suis pas un lâche, monsieur Dickson, car je désire m'exposer, mettre ma vie dans la balance, et je le ferai.

Il fit mine de prendre congé du détective, mais celui-ci le suivit.

Soudain Mr. Tapple s'arrêta, parut réfléchir.

— Je veux vous dire une chose, mais rien qu'une, dit-il. Le soleil baisse. Il se peut que vous arriviez à temps encore. Je n'affirme pas que vous verrez quelque chose, mais je ne dis pas non plus que vous ne verrez rien. Retournez à la Combe du Geai ; soyez-y avant que le soleil soit complètement à l'horizon. L'obscurité, et le crépuscule même vous ôteraient toute chance. Observez le chêne. Bonne nuit, monsieur Dickson !

Il tourna à angle droit dans un sentier transversal et disparut.

— Soit, murmura le détective.

Une clarté rose s'attardait encore dans la Combe du Geai quand il y revint. Il s'installa derrière un rideau de verdure et, fidèle à la recommandation de Mr. Tapple, il observa le grand chêne.

Le pivert réapparut ; des écureuils rouges gambadèrent dans les basses branches, narguant une belette aux yeux de braise qui les guettait entre deux brindilles ; des petits lézards vert et or vinrent folâtrer autour du détective ; un engoulevent lança son cri crépusculaire, et ce fut tout.

L'ombre envahit lentement la combe, atteignit le faîte du chêne où une étoile s'alluma, pâle et tremblotante.

— Une fois l'obscurité venue, je ne pourrai voir, a dit Mr. Tapple, murmura le détective. Retournons donc à Marlwood, bredouille, certes, mais moins que je ne l'aurais cru. Ah ! Mr. Tapple, je saurai bien vous forcer à vous déboutonner davantage.

Au bout d'un quart d'heure, la forêt s'éclaircit et le détective atteignit la ville. Immédiatement, Dickson vit, à l'animation régnant sur les remparts, qu'une chose insolite venait de se produire.

Mr. Pritchell, le maire, entouré de ses agents de police, le vit venir de loin et le héla.

— L'avez-vous entendu, monsieur Dickson ?

— Je n'ai rien entendu, cria le détective en se mettant à courir pour rejoindre le maire.

— Le vampire ! Il vient de chanter !

— C'est du côté de la Chaumière, remarqua un des policiers.

— Qu'est-ce que la Chaumière ?

— Les ruines d'une vieille maison forestière, dans une petite clairière du nord des bois. Venez avec nous, monsieur Dickson. Nous y allons de ce pas !

La partie de la forêt qu'ils avaient à traverser était plus sauvage et moins fréquentée que celle déjà visitée par le détective.

Chemin faisant il se disait :

« La Combe du Geai au sud, la Mare bleue à l'est, la Chaumière au nord. Certainement, nous nous y trouverons en présence d'un nouveau crime. Le monstre tourne à tous les points cardinaux. Sera-ce à l'ouest prochainement ? »

On arrivait.

La clairière était étroite et bordée de sapins ; une hutte croulante se découpait dans un fouillis de plantes herbacées et de petits résineux. Les agents de police avaient allumé des lanternes d'écurie, et l'un d'eux marcha droit sur la masure.

Presque aussitôt, on l'entendit crier :

— Comme les autres ! Comme les autres !

— Qui est-ce ? cria Mr. Pritchell.

— Pauvre Mr. Tapple !

— Hein ? rugit Harry Dickson en bondissant en avant.

L'infortuné brasseur-poète gisait, les bras en croix, la gorge béante. Il tenait encore son revolver dans sa main crispée.

Le détective prit l'arme : trois cartouches manquaient.

— Deux brûlées pour mon compte, murmura-t-il, et la troisième...

Il prit une des lanternes des mains d'un agent et se mit à fureter aux alentours. Nulle trace de balle sur les murs mais, à deux toises de la hutte, il ramassa quelques feuilles mortes poissées de sang.

— Messieurs, dit-il, le Vampire qui Chante a été blessé !

Il n'écouta pas les questions angoissées du maire et se mit à fumer sa pipe avec frénésie.

— Pauvre Tapple, murmura-t-il doucement. Il a voulu travailler seul, pour préserver un « secret » qui vient de lui coûter la vie. J'ai coupé dans son mensonge... car il m'envoya à la Combe du Geai, où il n'y avait rien à voir, pour se débarrasser de ma gênante personne. Pauvre diable, il paie cher sa méfiance !

Il se tourna vers Mr. Pritchell.

— Combien de médecins y a-t-il à Marlwood, monsieur le maire ?

— Deux, monsieur Dickson. Le Dr Bunker et le Dr Gilchrist.

— Vous allez leur donner ordre de vous prévenir immédiatement si quelqu'un se fait soigner chez eux d'une blessure due à un coup de feu... Vous ferez arrêter ce blessé aussitôt.

Une heure plus tard, Bob Trunch, le bras gauche en écharpe, était enfermé dans la prison communale.

Harry Dickson, averti sur-le-champ, s'était rendu à la prison.

Il trouva le journaliste, sombre et pensif, assis sur un étroit lit de camp et fumant avec rage un cigare de tabac noir.

— Je suppose, monsieur Trunch, dit le détective, que vous pourrez me fournir toutes les explications qui me permettront de demander votre élargissement immédiat...

Trunch secoua lentement sa tête massive.

— N'avez-vous jamais rencontré, au cours de votre carrière, un facteur aussi mystérieux qu'hallucinant, Dickson, dit-il, et qui s'appelle la fatalité ?

Et, comme le détective se taisait, le prisonnier continua.

— J'apprends donc que l'assassin mystérieux est blessé d'un coup de revolver, au moment où je le suis également. J'admets qu'il y a là une raison de me suspecter, de m'incarcérer même.

— Il vous suffira, monsieur Trunch, de nous raconter où et par qui vous avez été blessé, pour que les soupçons se dissipent aussitôt, et que la fâcheuse mesure qu'on a cru devoir prendre contre vous soit rapportée sans retard.

De nouveau le journaliste secoua la tête.

— Et la fatalité de continuer son terrible jeu, Dickson, car il se fait que je ne puis ni révéler le nom de la personne qui m'a blessé ni le lieu où l'attentat s'est produit.

— Vous rendez-vous compte de la situation dans laquelle vous vous trouvez, monsieur Trunch ? s'écria le détective.

— Je m'en rends compte parfaitement, Dickson. Je rédige depuis trop d'années les chroniques judiciaires pour ignorer ce que je risque ! N'insistez pas. Je vous affirme que je continuerai à me taire. Je m'entêterais même si on me liait sur le chevalet de torture, comme au Moyen Age. Je resterai donc ici, en prison. Que l'on m'envoie une provision de cigares, meilleurs que ceux-ci, un livre de Thackeray et des romans d'Edgar Wallace.

Harry Dickson regarda le journaliste. Il vit son front intelligent et têtu et il comprit que rien, même la menace de l'échafaud, n'aurait raison de son mutisme obstiné.

— Je souhaite que vous vous tiriez de là, monsieur Trunch, dit-il d'une voix lente. Vous m'êtes sympathique et je ne puis croire à votre culpabilité. Non que j'aie des raisons de ne pas vous suspecter ; au contraire, tout conspire en cette heure contre vous. Mais j'ai foi en cette voix intérieure qui s'élève en moi, lorsque je suis devant un criminel. Elle ne parle pas en ce moment. A mes yeux, vous n'êtes pas l'assassin...

Bob Trunch eut un moment d'émotion, mais il se ravisa aussitôt.

— Je vous remercie, Dickson. Au long des heures sévères que j'aurai à passer ici, vos paroles seront dans ma mémoire. Je me les répéterai pour mon réconfort personnel... Au revoir !...

Harry Dickson allait partir, mais le journaliste le rappela.

— Ecoutez, Dickson... J'ai une bizarre faveur à vous demander. Bientôt, il y aura de nouvelles victimes, et on devra bien conclure alors que je ne suis pas le Vampire qui Chante. Mais, je vous demande en grâce, ne me faites pas alors remettre en liberté. Pas encore !...

3. Monsieur Pritchell

Mr. Coriss, le juge Taylor et Sir Cruckbell...

Harry Dickson avait retenu les trois noms, et quelque chose lui disait que feu Mr. Tapple n'avait pas menti, en disant qu'ils étaient promis à la mort.

Le détective regrettait l'arrestation du journaliste Trunch car, malgré des défauts évidents, le directeur-rédacteur en chef du *Marlwood Dispatch* était un homme intelligent, très au courant de la vie enclose de ses concitoyens, de leurs manies, et sans doute de leurs petits secrets. Il aurait pu être d'un secours immense en cette affaire, à condition de s'y prendre habilement. La fatalité venait de brouiller les cartes, et rien ne pouvait être tenté de ce côté. Bob Trunch allait se renfermer dans un mutisme farouche. Fallait-il avertir les trois hommes que Mr. Tapple avait désignés pour un terrible destin ? C'était mal connaître la mentalité d'une petite ville, enfermée dans sa forêt et sa solitude comme une huître dans sa coquille.

Aussi le détective résolut-il d'exercer une surveillance aussi serrée que possible autour des trois victimes en puissance. Ce ne serait guère facile, car il devrait uniquement se fier à Tom Wills pour cela ; s'assurer l'aide d'un policier de la ville l'aurait mis en effet à la merci de la moindre maladresse, de la moindre indiscrétion.

Que Coriss, Taylor, ou Sir Cruckbell se crussent surveillés, quel pavé dans la mare aux grenouilles !

Trois jours creux s'écoulèrent sans que les rapports de Tom Wills fussent encourageants.

Mr. Coriss quittait sa maison de Shamrockstreet à des heures régulières, pour fréquenter les meilleures tavernes de la ville. A midi, il venait prendre Mr. Pritchell à la mairie, et ensemble ils allaient boire leur porto à la terrasse de l'Hostellerie de la Tour. Il ne sortait pas de la ville et, une fois rentré chez lui, il s'installait devant la fenêtre de son salon du rez-de-chaussée, à regarder passer le monde en fumant des cigares.

Sa vie semblait réglée comme un papier à musique.

Le juge Taylor y mettait un peu plus de fantaisie.

Il passait aussi peu de temps que possible au tribunal, en l'occurrence une petite salle sombre de la mairie, où il rendait des jugements débonnaires. Il n'y avait d'ailleurs pas de grands litiges à Marlwood, la population ne versant pas dans la chicane.

Taylor habitait un triste entresol de célibataire, dans la rue des Remparts, et il n'y venait que pour dormir, prenant ses repas dans un petit restaurant à bon marché proche de la mairie.

Le plus clair de son temps, le juge le passait chez un de ses amis, Mr. Jewis Golder, antiquaire réputé, à examiner de vieilles estampes, à feuilleter de lourds in-folio et à discuter des points obscurs de l'histoire locale. Il préparait, disait-on, un traité d'héraldique, mais personne n'en avait encore vu la première ligne, et sans doute cette première ligne n'était-elle même pas encore écrite.

Sir Cruckbell, lui, demeurait invisible pour le commun des mortels de Marlwood. Il vivait comme un ermite dans son vieux château féodal, n'en sortait que pour faire une partie d'échecs avec Mr. Pritchell, et ne se rendait jamais à son château forestier.

C'est alors que le drame se produisit.

Mr. Pritchell était assis dans son cabinet de travail, au premier étage de l'hôtel de ville. Il était cinq heures du soir, et les trois employés de la mairie, leur tâche quotidienne achevée, s'étaient retirés. Seul, le secrétaire communal, un doux vieillard à la tête de chèvre nommé Pott, tenait compagnie au maire, lui faisant signer des actes administratifs.

Depuis les crimes de Marlwood, il n'y avait pas d'autre sujet de conversation dans la ville. Tout en revêtant de son large paraphe les documents qu'on lui tendait, Mr. Pritchell soupirait et se répandait en jérémiades.

— Avez-vous une idée quelconque au sujet de ces horreurs sans nombre ? demanda-t-il à Pott.

— Que dit Mr. Harry Dickson ? interrogea prudemment le secrétaire communal.

— Dickson ne dit jamais rien, vous le savez bien, riposta Pritchell d'un air accablé. Il cherche, et sans doute trouvera-t-il ; mais, entre-temps, nous vivons dans une inquiétude folle. Que pensez-vous de Trunch, monsieur Pott ?

— Hé hé ! fit Pott sans se compromettre, car Trunch pouvait être libéré d'un jour à l'autre, et ce diable d'homme était de taille à se venger.

— Voilà une réponse qui ne vous engage certes à rien, grogna le maire. Je pense que Dickson croit Trunch innocent.

Mr. Pott caressa sa barbe de bouc et, plus prudent que jamais, répliqua que Mr. Dickson pouvait parfaitement avoir raison.

— Pourquoi le Vampire qui Chante ne nous tuerait-il pas à notre tour, vous ou moi, monsieur Pott ? émit le maire.

— Moi ? s'effara le vieil employé en tremblant. Mais je ne vais jamais me promener dans les bois, moi !

— C'est vrai. Jusqu'ici, le monstre n'opère que dans la forêt, approuva Mr. Pritchell dont le visage se rasséréna.

J'ai pensé qu'il faudrait interdire l'accès de la zone boisée à nos concitoyens...

— Interdire, monsieur le maire? Aucun règlement municipal ne nous le permet. Mais vous pourriez conseiller utilement, par voie d'affiches, d'éviter la forêt, cela vous déchargerait, dans une certaine mesure, de votre responsabilité.

— Dans ce cas, vous pouvez préparer l'affiche en question, pour la soumettre dès demain à ma signature, monsieur le secrétaire.

Pott, que son verre d'ale vespéral attendait dans un petit café des remparts, avait grande hâte à s'en aller. Il n'y avait plus de papier à signer, et il en fit respectueusement la remarque à son supérieur. Celui-ci soupira. Il avait encore un mémoire à terminer pour l'attorney général du district, et l'idée de rester seul dans l'antique et sombre bâtisse ne lui souriait pas beaucoup.

— En des temps aussi troubles que ceux que nous traversons, je désire que toutes les issues de la mairie soient convenablement vérifiées et fermées à la nuit tombante, monsieur Pott. Voulez-vous avoir l'obligeance de donner immédiatement des ordres en conséquence à Al Binks, notre huissier de salle?

Mr. Pott tira sa montre de son gousset et fit la grimace.

— Il y a plus d'une demi-heure que le service d'Al Binks est fini, sir, dit-il d'une voix hésitante.

— Je n'y pensais pas. Comme il fait vite sombre dans ces tristes pièces, alors qu'il y a encore du beau soleil dehors! Puis-je vous demander d'aller vous-même à la lampisterie me chercher un quinquet?

Car l'hôtel de ville de Marlwood, fidèle à une tradition d'antiquité, n'avait fait installer ni gaz ni électricité dans ses locaux.

Mr. Pott, qui voyait son dolce-farniente du soir compromis par cette nouvelle exigence, gémit sourdement, mais répondit qu'il y allait de ce pas.

— Et si ce n'est trop vous demander, ajouta le maire, jetez donc un coup d'œil aux portes, je vous en prie...

Le secrétaire aurait bien pu pleurer, mais il était trop

bon serviteur pour laisser voir la moindre velléité de révolte. Il s'inclina donc avec le sourire.

— Comptez sur moi, monsieur le maire!

Comme le spacieux et moyenâgeux bâtiment lui semblait tout à coup redoutable! Pott maugréait en lui-même et cherchait le moyen de se dérober à la détestable et longue corvée.

« Pour la lampe, il faut que j'y aille, songeait-il. Mais les portes... Nenni, mon petit... Il y en a qui s'ouvrent au bout d'horribles couloirs, où courent des rats grands comme des matous. Al Binks, lui, est un hercule et porteur d'une matraque et même d'une hallebarde, aux grands jours de faste... Je vais m'installer pendant quelques minutes dans la lampisterie, revenir avec la lampe demandée et dire que j'ai tout vérifié... »

Le hall rectangulaire, aux hautes murailles noires ornées de tableaux de maître, parut au vieil homme plus redoutable qu'une jungle.

Même en plein jour Pott détestait cet endroit, et surtout ces tableaux représentant des scènes cruelles de batailles et d'exécutions capitales; une fois le crépuscule venu, les personnages peints semblaient s'animer d'une vie hostile. La hache, qui allait s'abattre sur le cou blanc d'Anne Boleyn, paraissait flamber d'une lueur insolite, prête à se détourner de sa tâche historique pour frapper de sa lame l'innocent visiteur nocturne; les guerriers, eux, semblaient oublier leur éternelle discorde, pour tourner leur haine commune contre le même fâcheux intrus.

Mr. Pott traversa le hall de toute la vitesse de ses petites jambes, en évitant soigneusement de regarder autre chose que les dalles usées.

Il traversa le bureau de l'état civil, où l'odeur des dossiers, de l'encre et de pipe refroidie lui fut familière et amie.

Il regretta d'avoir aboli, en une heure de farouche esprit d'économie, le travail supplémentaire de l'employé préposé aux actes de décès, de naissance et de mariage, ce qui lui aurait valu aujourd'hui la joie de ne pas être seul en ces lieux maussades, remplis d'une vague et inquiétante résonance. Enfin, une odeur lourde de pétrole et de mèches charbonnées l'avertit de la proximité de la lampisterie.

Mr. Pott s'y jeta comme dans un havre.

Il choisit une lampe, l'alluma, découvrit une boîte de cigarettes appartenant à Al Binks et poussa la familiarité jusqu'à en chiper une, qu'il se mit à fumer avec délices. C'était une compagnie, en tout cas.

Puis il s'installa sur l'unique chaise, pour rendre par cette attente son absence plus longue et plus vraisemblable. Un vieux roman d'une édition populaire à six pence traînait dans une flaque d'huile. Mr. Pott surmonta son horreur des pages grasses et puantes et son aversion pour les livres de fiction pour le feuilleter.

Il était mal tombé car c'était un roman de crimes, aux gravures lourdement ensanglantées d'encre rouge : *Le caveau des têtes tranchées*.

Pouah ! Mr. Pott rejeta cette littérature avec dégoût, se proposant de tancer vertement le lecteur peu délicat qu'était le sieur Al Binks.

D'une main tremblante, le secrétaire escamota une seconde cigarette, et il allait l'allumer à la flamme de la lampe, quand elle lui tomba des mains, tandis que sa bouche s'arrondissait comme pour pousser un cri inaudible.

Une voix venait de s'élever au loin, dans la grande maison solitaire. Ce qu'elle chantait ? Mr. Pott aurait bien été en peine de le dire, mais il entendit une suite de sons mélodieux, une cascade de trilles, puis quelques notes basses et vibrantes, chaudes comme du velours.

Toute admiration était cependant bannie de l'esprit du secrétaire communal. Un hoquet nerveux le secouait tout entier ; d'un regard affolé, il chercha un refuge et, ne trouvant que la table, il se glissa sous elle, en dépit des flaques de pétrole qui compromirent à jamais la netteté de son complet à carreaux.

— Le Vampire qui Chante !

Car, de cela Mr. Pott ne douta pas un instant : le monstre était là et puisqu'il chantait, c'est qu'il venait de tuer.

Or il n'y avait que lui, Mr. Pott, et Mr. Pritchell à la mairie...

Le vampire devait le savoir ; il savait tout.

Il avait tué le maire et, à présent, il allait rôder par l'hôtel de ville, à la recherche d'un second humain à occire.

Et sur la table, la lampe brûlait : phare terrible attirant vers lui l'affreux et sanglant phalène.

Ah ! s'il avait eu la force et le courage de l'éteindre...

Une idée folle lui vint : renverser la table.

Et alors ? Le fracas du verre brisé, de l'explosion qui s'ensuivrait peut-être attirerait plus sûrement encore le monstre ivre de sang chaud. L'odieux roman était tombé sur le sol et s'était traîtreusement ouvert sur une illustration hideuse entre toutes : un corps de vieillard à la gorge béante, gisant dans une mare écarlate.

Dans ce terrible cadavre poissé de sang, Pott crut voir une certaine ressemblance avec lui-même.

La chanson s'était tue, mais il semblait au secrétaire que des pas furtifs glissaient dans les couloirs.

Soudain, ce bruit se précisa. L'ouïe de Mr. Pott ne l'avait pas trompé : les pas traversaient le bureau de l'état civil. Une porte grinça et le passage qui conduisait à la lampisterie s'emplit d'une résonance insolite.

La lampe, sur la table, éclairait la petite salle.

Mr. Pott n'entendit pas la porte s'ouvrir, mais il la vit...

Une main la poussait.

Quelqu'un se mit à rire, d'un rire sombre et cruel.

Et Pott reconnut l'homme, mais...

Ce fut tout : l'apoplexie venait d'avoir eu raison de lui. Il poussa un profond soupir et mourut, la face dans un cloaque d'huile, d'allumettes brûlées et de bouts de cigarettes.

On le retrouva une heure plus tard, toujours éclairé par la lampe. Mais, déjà, on avait découvert le cadavre de Pritchell, assassiné dans son cabinet de travail, la gorge tranchée.

— Et pourtant le maire n'était pas parmi les trois victimes en puissance nommées par Mr. Tapple ! dit Tom Wills.

Harry Dickson, les coudes sur la table, n'avait pas touché au souper qui venait d'être servi.

Il était pourtant parmi les plus fins que le patron de l'Hostellerie de la Tour faisait cuisiner avec amour pour ses hôtes de marque : une magnifique truite saumonée en persillade, un poulet grillé aux champignons, un soufflé au chester, une salade de fruits au kirsch et à la crème fraîche...

Le détective regarda son élève, les pensées au loin.

Tout à coup, il eut un éclair dans les yeux et, d'un geste bref, il commanda à l'hôtelier, que son manque d'appétit consternait :

— Tenez ceci au chaud, et faites ajouter un troisième couvert...

— Nous avons un invité ? s'écria Tom Wills, étonné.

— Nous allons en avoir un, répondit Harry Dickson.

Il prit son carnet de notes et crayonna quelques mots sur un feuillet.

— Qui sera cet invité, si je puis vous le demander, maître ? fit Tom Wills.

— Mr. Bob Trunch !

— Hein ? s'écria le jeune homme. Mais il est en prison !...

— Allez sur-le-champ porter ce mot au commissaire de police, Tom. C'est un ordre d'avoir à libérer sur-le-champ le directeur du *Marlwood Dispatch*. Vous assisterez à la levée d'écrou...

— Mais pourquoi ?...

— Parce que Trunch est innocent !

Tom Wills s'inclina en silence : l'ordre que venait de lui donner son maître n'était pas de ceux qu'on se serait permis de discuter.

— Vous allez prier Mr. Trunch de vous accompagner jusqu'ici, Tom, recommanda encore Dickson. Et tenez votre revolver prêt.

— Craignez-vous quelque chose ?

— Peut-être... Il se peut que vous ayez à défendre notre ami le journaliste. Mais il se peut également qu'il essaie de décliner mon invitation ; dans ce cas vous lui ferez savoir que cette invitation est également un ordre, et vous le contraindrez à l'obéissance, le canon du revolver sur la tempe s'il le faut... Compris ?

Tom Wills courait déjà. Harry Dickson, resté seul, alluma sa pipe et resta immobile, à regarder la fumée monter au plafond.

— Vous nous servirez dans le petit salon particulier, dit-il à l'hôtelier.

Une heure plus tard, des pas résonnèrent dans la rue silencieuse et la porte fut poussée. Trunch apparut sur le seuil, la mine triste et défaite. Les jours qu'il avait passés en cellule avaient dû agir fortement sur son moral, car ses joues étaient creuses, ses yeux caves, sa joyeuse bedaine fondue. Ses vêtements pendaient lâches et négligés. Il s'avançait avec une démarche hésitante, les yeux clignotant à la lumière. Sans mot dire, Harry Dickson lui tendit la main.

— Vous êtes libre, monsieur Trunch.

— Je ne vous en remercie pas, Dickson, répondit le journaliste d'une voix sourde et traînante.

— Je crois comprendre, mais serait-ce trop de compter sur votre courage ?

Le gazetier fit une grimace douloureuse.

— Mon courage... Je vous avoue que je n'en ai plus, Dickson.

Le détective fit celui qui n'avait pas entendu et donna ordre de servir le souper.

— Allons, mon vieux Trunch, la cuisine de la prison communale ne vaut certes pas celle de l'Hostellerie de la Tour. Tâtez-moi de cette truite qui nageait encore dans les eaux vives, il y a une couple d'heures. Mais, auparavant, avalez-moi ce verre de vieux brandy, que j'ai fait monter de la cave à votre intention.

Le journaliste sourit mélancoliquement mais s'exécuta ; le généreux alcool lui remit un peu de couleur aux joues.

— Je suppose, dit Dickson quand il vit que son invité se laissait enfin séduire par la chair blanche et succulente du poisson, je suppose que vous êtes au courant des événements survenus à la mairie...

— Oui, Dickson, je suis au courant... Mon geôlier était brave homme, et bavard à souhait...

— Savez-vous pourquoi Pritchell a été assassiné ?

— Oui, répondit brièvement le journaliste.

— Moi aussi, et je vous en dirai la raison...

Le journaliste ne répondit pas, mais il gardait les yeux baissés sur la nappe.

— Alors dites, Dickson.

— Pour vous faire libérer, Trunch, pour bien prouver que vous n'êtes pas le Vampire qui Chante.

— L'a-t-on entendu chanter ? demanda Trunch avec un frisson.

— J'étais à prendre le frais sur le seuil de l'hostellerie. J'ai forcé immédiatement les portes de la mairie. Vous savez ce que j'ai trouvé ?

Trunch eut un signe de tête affirmatif.

— Et savez-vous pourquoi il veut ma liberté ? demanda-t-il d'une voix amère.

— Répondez vous-même à cette question, Trunch...

— Parce qu'il n'aurait pas pu m'atteindre en prison, tandis que maintenant il aura beau jeu pour se défaire de moi.

— Vous pensez qu'il essaiera de vous tuer ?

— Il le fera !

— Aidez-moi à le découvrir !

— Non !

4. Le juge Taylor

— Rien, maître !

— Rien, Tom... Rien, mon garçon... Je me sens une âme de derviche à force de tourner en rond...

Tom Wills ouvrait la bouche pour poser d'autres questions, mais son maître l'en empêcha avec quelque impatience.

— Taisez-vous, Tom ! Je n'ai rien à dire... Nous allons

essayer d'aller au-devant des événements. C'est tout ce que j'ai à vous apprendre...

Ils marchaient dans les bois de Marlwood, vers l'ouest. Harry Dickson avait déjà dit, lors de la mort du pauvre Tapple : « Et qu'aurons-nous à l'ouest ? » Tom et lui allaient à présent dans cette direction...

La forêt était tout en futaie et avare en taillis. Le sol spongieux laissait pousser à foison des champignons aux teintes vénéneuses. La faune était chétive et rare : quelques lapins sauvages et l'éclair roux d'un renard.

Des corneilles criaient méchamment, faisant une conduite sombre aux promeneurs.

— Ce sont des choucas, observa Harry Dickson, des corneilles gîtant dans les vieilles tours. Ces dernières ne doivent pas être loin.

— Des tours dans cette partie de la forêt ? s'étonna Tom Wills.

— Ouvrez les yeux et vous verrez bientôt les grisailles de quelques vieilles et croulantes murailles du donjon, le manoir forestier de Sir Cruckbell...

— L'occupe-t-il ? demanda le jeune homme.

— Jamais ! Le château est complètement abandonné aux effraies et aux sinistres oiseaux noirs qui nous font escorte.

Dickson avait à peine fini de parler qu'au tournant d'une sente, le château fut devant eux, image de la plus complète déchéance architecturale. De larges douves desséchées étaient livrées aux herbes folles, à l'ivraie, aux pariétaires. Un pont en dos d'âne, dont une partie s'était écroulée dans les fossés, conduisait à une haute porte de chêne bardée de ferrures rouillées. Les vitres des fenêtres en ogive présentaient des crevaisons sans nombre, par où les rapaces entraient et sortaient librement.

Harry Dickson n'eut pas à s'escrimer contre la porte, car, dès la première poussée, elle s'ouvrit dans un craquement de boiseries pourries.

Une odeur affreuse de moisissures, de fientes d'oiseaux, de rats morts et d'eau stagnante les accueillit dès le hall.

Des meubles, feutrés d'une lourde et ancienne poussière,

s'appuyaient, branlants et fantomatiques, aux vétustes murailles; des trophées de chasse s'en allaient en lambeaux. Un escadron de rats bleus s'enfuit en criant, pour disparaître dans une multitude de trous creusés dans les lambris.

Harry Dickson examina les dalles crevées et sifflota.

— Vous avez vu ces empreintes de pas, maître? demanda Tom Wills en montrant de nombreuses traces laissées dans la poussière par des brodequins de forte pointure.

— J'ai vu, comme vous, mon garçon...

— Des serviteurs de Sir Cruckbell, sans doute...

— Ce n'est pas impossible, répondit brièvement le détective.

Tout à coup il s'arrêta, huma l'air et ricana doucement.

— Explorons le château, Tom.

Ils le firent, mais presque au pas de course.

Ils traversèrent des salles sans nombre, toutes aussi délabrées les unes que les autres. Ils virent partout les mêmes meubles pourris, aux aspects de fantômes. Ils furent reçus par des nuées de grosses chauves-souris dérangées dans leur repos diurne, par des battements d'ailes indignés et des multitudes de petites fuites apeurées dans l'ombre.

— Si vous croyez que, de cette façon... commença Tom Wills, mais le jeune homme s'interrompit aussitôt, pour réprimer un cri de douleur: son maître venait de lui infliger un cruel pinçon au gras du bras.

— Comme vous avez pu vous en rendre compte, mon cher Tom, dit Harry Dickson à haute voix, il n'y a rien à voir ici que des ruines et des débris. J'ai voulu vous donner satisfaction en venant faire une visite aussi brève que possible à ce château abandonné, mais je crains que, ce faisant, nous n'ayons perdu notre après-midi...

Tom Wills ouvrit la bouche, prêt à opposer un démenti formel aux mensongères paroles du détective, quand ses yeux rencontrèrent ceux de Dickson, et il y lut l'ordre de se taire et de tout accepter.

— C'est vrai, maître, répondit-il d'une voix qu'il essaya de rendre aussi maussade que possible. Une fois de plus vous avez eu raison. Si l'on s'en retournait sans retard à Marlwood ?

— Hm, pas si vite ! Puisque nous sommes dans les parages, je serais désireux de pousser une pointe plus en avant vers l'ouest.

— Comme vous l'entendez, se résigna Tom.

Ils traversèrent une cour d'honneur en proie aux chardons bleus et aux orties géantes, atteignirent une poterne dont la serrure rouillée s'effrita au toucher. Et, après avoir franchi les douves sur un étroit pont de brique, ils se retrouvèrent dans la forêt.

Harry Dickson sifflait une marche de route américaine, dont il affaiblit graduellement les sonores périodes, comme s'il s'éloignait en s'enfonçant sous bois. De fait il avait fait halte derrière le rideau épais des halliers. Tom Wills avait compris la manœuvre et attendait patiemment une explication. Le détective voulut bien la lui fournir sans qu'il dût l'interroger.

— Si nous étions retournés sur nos pas, vers Marlwood, nous aurions dû suivre une longue drève que l'on peut voir très bien d'une des tours du manoir, tandis que du côté de l'ouest, la forêt nous soustrait immédiatement aux regards, et la tour a ses fenêtres obturées de ce côté.

— Les regards ?... Est-ce à dire qu'on nous observe ? demanda Tom Wills.

— On pourrait nous observer, répliqua le détective. Ce n'est pas tout à fait la même chose, mais je continue à croire que des yeux attentifs nous suivaient...

— Ceux du vampire ? demanda Tom en frissonnant.

— Je ne le crois pas.

— Y aurait-il quelqu'un au château ?

— Oui, j'en suis certain, et notamment un gentleman qui emploie pour sa toilette un savon assez fortement parfumé à la verveine.

— Qu'allons-nous faire ?

— Demi-tour, mon garçon, repasser par la poterne, traverser la cour aussi vite que possible et, sans trop faire de bruit, pénétrer à nouveau dans le château et courir notre chance !

C'est ce qui fut fait. Quelques minutes plus tard, les deux détectives se glissaient en tapinois dans le hall, se tenant prudemment dans l'ombre des murs, aux écoutes du moindre bruit.

Ils ne furent pas déçus, car bientôt des marches gémirent aux étages, une porte grinça et ils entendirent la chute d'un meuble heurté par maladresse.

— Nous prendrons l'escalier de service, murmura Harry Dickson. Il va nous mener immédiatement du côté d'où viennent ces bruits.

A l'étage, ils pénétrèrent dans une spacieuse salle d'armes, emplie d'une pénombre verte, car les frondaisons des grands arbres étaient proches des fenêtres.

— Regardez, maître, souffla Tom Wills, une petite porte est ouverte dans les lambris de chêne.

— Porte dont nous n'avons pas décelé l'existence au cours de notre première visite, ajouta doucement Harry Dickson.

Ils se glissèrent comme des ombres le long de la muraille et parvinrent à jeter un coup d'œil au-delà de la porte dérobée.

Un certain étonnement s'empara d'eux, car la salle qui s'offrait à leur vue, petite et basse, ne présentait pas ce caractère de délabrement absolu des autres chambres du château.

Tout à coup, une lueur blonde l'inonda, et on entendit le crachotement d'une allumette frottée.

Harry Dickson attira Tom Wills dans une encoignure, d'où ils pouvaient voir une partie de la pièce mystérieuse.

Elle ne semblait offrir d'autre issue que la porte dérobée, elle ne prenait jour par aucune fenêtre. La lueur dansait doucement, éclairant quelques meubles confortables : une paire de profonds fauteuils Chesterfield, une large chaise longue, deux bahuts flamands étincelants de cristaux et d'argenterie. Un tapis rouge, de haute laine, couvrait le plancher. La lumière devait être fournie par une ou plusieurs bougies qui restaient cachées aux deux détectives.

Quelque chose bougea dans la salle, et ils virent une grande ombre déformée se déplacer sur le plafond.

Tom Wills regarda son maître, et il vit une expression de perplexité sur le visage de celui-ci.

Allait-il attendre ? Allait-il agir ?

— Est-ce le vampire ? souffla le jeune homme d'une voix à peine audible.

Le détective haussa les épaules et leva ses mains vides.

C'était une réponse : Harry Dickson se tiendrait-il sans armes dans le voisinage d'un tel monstre ?

Alors, le détective sembla soudain se décider. Sa main pesa lourdement sur l'épaule de son élève, puis brusquement il lui fit franchir la porte ouverte.

— Je vous salue, monsieur Taylor !

Le juge Taylor, qui se tenait près d'une cheminée de marbre noir sur laquelle était posé un candélabre portant quatre bougies allumées, se retourna vivement.

— Oh, c'est vous, monsieur Dickson ?

Il y avait un peu d'étonnement, un peu d'ironie aussi dans ses yeux spirituels. Harry Dickson s'avança dans la salle et prit place dans un des fauteuils.

— Vous permettez, monsieur le juge ?

— Mais comment donc, monsieur Dickson. Vous avez autant le droit que moi de vous trouver en ces lieux, puisque je n'y suis pas plus chez moi que vous ne l'êtes...

— Bah, répondit le détective avec bonhomie, ce sont là des choses assez fréquentes dans nos métiers, dans le mien comme dans le vôtre, monsieur Taylor.

— Vous ne me demandez pas ce que je fais ici ?

— Non, monsieur Taylor.

— Et pourquoi pas ?

— Parce que vous n'êtes pas un criminel et que je ne vous suspecte pas d'en être un. Par conséquent je ne me sens aucun droit de vous questionner sur votre présence en ces lieux.

— C'est très habilement dit.

Taylor tira un cigarillo d'un étui et l'alluma soigneusement à l'une des flammes du candélabre.

— Vous ne fumez pas, monsieur Dickson ?

— La pipe, mais pas pour l'instant...

— C'est que vous n'estimez pas devoir réfléchir sur l'heure, sinon vous auriez recours à votre traditionnel calumet.

— Peut-être bien, monsieur le juge...

Il y eut un silence légèrement embarrassé après ces passes orales.

— Pensez-vous que j'attends quelqu'un, monsieur Dickson ?

— Vous venez de le dire vous-même, monsieur le juge : je ne pense pas pour l'instant, répliqua le détective en souriant.

— Eh bien, j'attends quelqu'un.

— Vraiment ? Pour tout vous avouer, monsieur Taylor, moi aussi j'attends quelqu'un.

— Ici ?

— Parfaitement, ici. Souffrez que je reste un peu...

Le juge inclina la tête, mais une grimace nerveuse déformait sa bouche.

— Certainement, certainement, murmura-t-il.

Mais on pouvait voir que ses pensées étaient absentes. Le cigarillo étant éteint, il le jeta et, d'une main un peu moins assurée que la première fois, il en alluma aussitôt un second.

Soudain, Harry Dickson le vit qui dressa l'oreille : un léger bruit de pas venait de se faire entendre dans le manoir.

— Monsieur Dickson !

— Monsieur le juge ?

— Si je vous priais de vous retirer, en vous donnant ma parole d'honneur que la personne que j'attends n'a rien à voir avec l'affaire qui vous occupe ?

Harry Dickson se caressa le menton d'un air rêveur.

— Je serais désolé, monsieur le juge, de me montrer presque grossier, mais je refuserais...

— Vraiment ?

Le détective baissa la tête en signe d'affirmation.

— Très bien... fit le juge. Dans ce cas, il ne me reste qu'une chose à faire. Cela m'ennuie quelque peu, mais j'espère que plus tard vous comprendrez et vous approuverez mon attitude.

— Arrêtez! hurla soudain Harry Dickson.

Trop tard! Ce fut fait avec la rapidité de la foudre.

Le juge Taylor avait levé rapidement la main à la hauteur de son front, et une détonation retentit.

Les deux détectives se précipitèrent, mais déjà le vieillard s'effondrait.

— Je regrette, monsieur Dickson, croyez-moi bien... râla Taylor.

C'était fini... Un flot de sang jaillit de sa tempe crevée. Il était mort.

Sidérés par cet événement si inattendu, Harry Dickson et son élève considéraient en silence le corps inerte étendu à leurs pieds.

Ce fut Tom Wills qui, le premier, reprit ses esprits.

— N'oubliez pas que, au moment où ce malheureux s'est tué, quelqu'un marchait dans cette demeure...

Harry Dickson se secoua, comme au sortir d'un rêve.

— Cette personne aura eu le temps de fuir, murmura-t-il, avertie par le coup de feu.

Les paroles moururent sur ses lèvres. Instinctivement, Tom Wills venait de s'accrocher à son bras et le repoussait contre le mur.

Une voix merveilleuse, chaude, d'une beauté presque irréelle, s'élevait dans le château que l'ombre commençait à envahir. Elle se rapprochait rapidement: la créature qui chantait cet hymne surhumain devait être tout près.

Tom Wills vit Harry Dickson prendre son revolver et il l'imita.

La voix était de plus en plus proche; elle atteignait maintenant un registre suraigu, sans toutefois rien perdre de sa pureté. On l'aurait crue perdue quelque part au fond du ciel, émise par un gosier aérien impossible à imaginer. Harry Dickson se ramassa sur lui-même, comme un tigre qui va bondir. Ses yeux luisaient d'une flamme verte, inquiétante à voir.

La voix perdait de sa hauteur, les notes passaient au grave... Le chanteur monstrueux devait s'être arrêté; les notes devenaient plus hésitantes, plaintives, pleines de crainte et d'émoi.

— Allons ! gronda Dickson.

Tous deux s'élancèrent hors de la chambre tragique, dans la salle d'armes. Comme nous l'avons déjà dit, il y régnait une pénombre verte, due aux arbres trop voisins des fenêtres ; le crépuscule aidant, cette pénombre s'était déjà muée en demi-ténèbres. Tout d'abord, ils ne virent rien, puis Tom Wills poussa un cri de terreur :

— Attention, maître !

Une masse sombre passa entre eux, si près qu'ils sentirent le déplacement d'air. Ensuite, un bruit énorme retentit. Tom poussa un grondement de souffrance et tomba à genoux, levant en l'air sa main blessée.

— Tom, êtes-vous touché ? s'inquiéta Dickson.

Le jeune homme secoua la tête.

— Une écorchure au poignet... Quelque chose l'a touché... Mon revolver a roulé au loin.

La grande salle était devenue silencieuse ; le mystérieux chanteur devait avoir vidé les lieux en hâte.

— Essayons de le rejoindre ! cria Tom.

Harry Dickson fit un geste désespéré.

— Il connaît sans doute mieux que nous les aîtres de ce nid à rats et à vipères, et je suppose qu'il est loin à présent.

Il regarda la lourde masse qui avait failli les tuer tous deux : un immense moellon qui devait peser au bas mot quatre-vingts livres.

— Tudieu, grommela Harry Dickson, quel est l'être qui jette de pareils quartiers de granit, comme s'il s'agissait d'une simple boule de neige ?

Le détective s'empara d'un large tapis de table et en couvrit le cadavre du juge Taylor, dont le sang continuait à fluer sur le plancher.

— Etre si près... gémit Tom Wills.

Il regarda le mort et demanda à mi-voix :

— Pourquoi s'est-il tué ?

Harry Dickson ne répondant pas, Tom reprit :

— Si le vampire a chanté, il se pourrait que l'on trouve

un second cadavre, puisque le monstre ne chante qu'après son crime commis.

Dickson serra fortement le bras de son compagnon.

— Allons voir...

Ils explorèrent le château, avec toute la prudence que nécessitait un voisinage aussi redoutable que celui du vampire, mais ils ne trouvèrent rien. Harry Dickson décida enfin d'abandonner et de quitter ces lieux maudits.

— Tom, dit-il, vous m'avez demandé tout à l'heure pourquoi le juge Taylor s'était tué. J'hésite encore à répondre à cette question, mais j'ai découvert autre chose...

Il prit son temps avant de continuer, comme s'il réfléchissait encore, puis il dit d'une voix sombre et nette :

— Je sais à présent pourquoi le mystérieux vampire chante !

5. Sir Cruckbell

La matinée du jour suivant fut consacrée à de nombreuses formalités. Dickson dut assister, entre autres choses, au transfert des pouvoirs du maire défunt à l'un des échevins de la ville, Mr. Harris Spencer, homme taciturne et tatillon, dont la grande préoccupation semblait être de perdre inutilement son temps et celui des autres.

Après cela, le détective dut accepter de dîner en sa compagnie dans une spacieuse et triste maison de la haute ville, dont Spencer lui fit les trop longs honneurs. Il va de soi qu'on parla de l'« affaire » et le nouveau maire émit quelques aphorismes d'une platitude exceptionnelle.

Il ne croyait pas au vampire, lui ! Il allait doubler, tripler s'il le fallait les forces de police ! Il comptait bien faire arrêter de nouveau cet insupportable Trunch, qui l'avait à de nombreuses reprises égratigné dans son sale canard.

— Vous me ferez le plaisir de n'en rien faire, monsieur le maire, dit sèchement Harry Dickson.

— J'attire votre attention sur le fait que je suis à présent chef de la police de Marlwood, monsieur, répondit Spencer avec hauteur.

— Et moi, monsieur le maire, je vous fais remarquer que je suis venu ici sur la demande formelle de votre conseil communal, qui a décidé de remettre entre mes mains ces pouvoirs de police dont vous vous prévalez. Il faudra que vous le convoquiez d'urgence si vous voulez y changer quelque chose.

Spencer se serait bien gardé d'agir ainsi. Il se sentit battu et devint immédiatement d'une obséquiosité sans pareille.

Tout cela avait fait perdre un temps précieux à Harry Dickson et il ne put se faire annoncer à Sir Cruckbell que tard dans l'après-midi.

Accompagné de son élève, il sonna à la porte du château, et un vieux serviteur les introduisit dans un parloir.

Ils ne durent guère attendre. Sir Cruckbell, vêtu d'une antique robe de chambre, vint au-devant d'eux, son énigmatique visage esquissant un sourire de bienvenue.

— Ainsi je figure sur votre liste de gens à visiter, monsieur Dickson, dit-il non sans ironie. Pour peu j'allais me formaliser de figurer parmi les derniers. Voulez-vous me suivre dans mon bureau ? Ce parloir est froid et bien peu accueillant...

Le bureau de Sir Cruckbell était une salle énorme, prenant jour par une série de hautes fenêtres aux vitraux armoriés. Des théories de livres tapissaient les murs, atteignant les frises du plafond, et une immense table en chêne massif couverte de papiers, de gravures et de lourds in-folio occupait le centre de la pièce.

— Voici ma tour d'ivoire, messieurs, dit le gentilhomme. Je suis bien heureux d'y recevoir aujourd'hui des hommes de votre qualité... Un homme comme Harry Dickson ne vient jamais voir quelqu'un dans le simple but de lui demander son avis sur le temps qu'il fait ou qu'il fera. Je n'ai d'ailleurs rien d'un météorologiste. Je suppose que vous venez me parler de « l'affaire », n'est-il pas vrai ? Je suis à votre entière disposition...

Harry Dickson s'inclina, satisfait de la tournure que prenait l'entretien.

— Dans ce cas, sir, vous me permettrez certainement de vous poser quelques questions ? dit-il.

— Cela contribuera beaucoup à rendre notre conversation plus aisée et plus utile.

Le détective fit une pause et remercia du geste son interlocuteur.

— Vous rendez-vous souvent à votre château dans la forêt, Sir Cruckbell ? interrogea-t-il.

— Jamais ! J'ai toujours détesté cette demeure, mais je n'ai cependant jamais voulu la vendre, malgré quelques offres discrètes qui me furent faites dans le temps. Je n'ai ni le désir ni le droit d'égratigner le domaine des Cruckbell. J'ai chargé un grand architecte, qui possède des loisirs, de transformer ce triste manoir en de magnifiques ruines. Je crois qu'il y a réussi quelque peu, n'est-ce pas ?

— Absolument... Mais comment expliquez-vous la présence de feu Mr. Taylor dans votre château, Sir Cruckbell ?

— Si le juge Taylor était encore en vie, j'aurais le droit de porter plainte contre lui pour violation de domicile. Mais je ne prétends pas que je l'aurais fait...

— Sa présence dans votre château forestier vous a-t-elle étonné ?

— Non !

Le mot tomba net et bref, avec une sincérité farouche.

— Voudriez-vous m'expliquer, sir, pourquoi cette présence ne vous a pas étonné ?

— Je le pourrais, monsieur Dickson, cela va de soi, mais ici encore je vais m'échapper par la tangente, car je suis au regret de ne pouvoir vous répondre...

Le détective poussa un soupir de lassitude.

Sir Cruckbell, comme le juge Taylor, et le juge Taylor comme le journaliste Trunch refusaient nettement de prêter leur concours à la justice.

Quel mystère commun liait ces trois êtres, si différents, sur la même roue de la fatalité ?

— Et savez-vous pourquoi le juge Taylor s'est suicidé, Sir Cruckbell ? continua le détective d'une voix lente.

Le vieux gentilhomme inclina la tête.

— Je n'ai jamais menti, monsieur Dickson ; aussi je vous dirai que je crois connaître la raison de ce suicide. Mais, encore une fois, je ne vous divulguerai pas cette raison.

— Vous opposeriez-vous à ce que, au nom de la justice de votre pays, je fasse une enquête dans cette maison, pour découvrir ce que vous persistez à garder pour vous seul ?

Une grimace douloureuse déforma la bouche du vieux hobereau.

— Je n'ai pas le droit de m'y opposer, monsieur Dickson, et je ne le ferai pas. Les Cruckbell ont de tout temps obéi aux lois de leur patrie. Je ne faciliterai pas vos recherches, mais je ne les entraverai pas non plus. Mais...

Ses mains se crispèrent sur le bord de la table.

— Mais... reprit-il d'une voix sourde, si d'aventure vous trouvez ce que vous cherchez, et vous êtes homme à le faire, je vous jure que j'agirai comme l'a fait le juge Taylor...

— Si je comprends bien, s'écria le détective, vous vous suicideriez !

— A l'instant même...

Il y eut un silence terrible entre les deux hommes, puis Harry Dickson reprit, avec un visible effort :

— Soit ! Je vais vous poser encore une double question. Répondez-moi par oui ou par non, en me donnant votre parole d'honneur de dire la vérité. Etes-vous complice du meurtrier inconnu ? Connaissez-vous le Vampire qui Chante ?

Sir Cruckbell leva un regard plein de franchise sur son interlocuteur.

— Je ne suis pas complice de ce misérable et je ne le connais pas. Je vous en donne ma parole.

— Savez-vous que votre vie, sir, est en danger, comme le fut celle des autres victimes du monstre ?

— Je le sais !

— Ferez-vous quelque chose pour vous soustraire au terrible sort qui vous guette dans l'ombre ?

— Jamais ! Si Dieu veut que je succombe comme les

autres, eh bien ! que sa sainte volonté se fasse. Ma vie est finie. Je ne demande qu'une chose, c'est de ne pas être obligé de commettre sur ma personne le crime du suicide, ce qui équivaut à dire que j'attends l'assassin de pied ferme, avec sérénité, presque avec joie...

L'étrange entretien ! Harry Dickson se sentait soudain l'âme et l'entendement désaxés, car il se heurtait à des barrières monstrueuses et inattendues. Il secoua la singulière torpeur qui le gagnait et demanda :

— Permettez que je fouille votre bibliothèque, sir...

Il faisait sombre dans la grande salle, mais le visage du gentilhomme devint si pâle qu'il apparut aux détectives comme une tache lumineuse dans la nuit tombante.

— Que cherchez-vous ? demanda-t-il d'une voix rauque.

— Les plans de votre château, fut la réponse.

Un bruissement se fit entendre parmi les papiers épars sur la table : les mains du châtelain tremblaient si violemment qu'il en communiquait le frémissement aux objets.

— Evitez-moi le suicide, Dickson ! dit-il d'une voix entrecoupée. Dieu ne pardonne pas semblable crime, et sans doute que, ce soir encore, je serai devant lui !

— Pourquoi ne parlez-vous pas, Sir Cruckbell ? supplia le détective.

— Je ne le puis, Dickson... Mais veuillez écouter ma prière... Attendez encore quelque temps, pas longtemps — Oh ! non — une heure peut-être... moins encore.

— Attendre quoi ?

— Ma mort !

— Comment ? Dans une heure ?... Dans quelques minutes peut-être ?... Mais ce que vous dites là est insensé !...

— Jamais mon esprit n'a été aussi clair. Accordez-moi ce court délai, qui m'épargnera peut-être la damnation éternelle.

— Vous vous attendez donc à être assassiné sur l'heure ? demanda le détective d'une voix qui tremblait d'émotion.

— Pour dire vrai, oui !

— C'est ce que nous verrons. Je vous accorde le temps demandé, mais je resterai ici, près de vous !

— Merci, Dickson. En échange, je vous éviterai des

heures de recherches, des heures... peut-être des journées entières. Quand je serai mort... M'entendez-vous?... Mort!... Vous déplacerez les tomes de l'Encyclopédie Universelle, sur le quatrième rayon derrière vous. Dans une niche murale, vous trouverez un bel exemplaire de la Bible, édition Reeves. Ce livre est en fait une boîte habilement maquillée en volume. Elle contient les plans que vous cherchez.

Harry Dickson posa son chronomètre devant lui, sur la table.

— L'heure demandée vous est accordée, dit-il.

Sir Cruckbell respira et une expression d'immense mélancolie glissa sur ses beaux traits, que l'âge avait épargnés.

— Je n'ai jamais voulu soustraire un criminel à son juste châtiment, dit-il, mais je n'ai jamais non plus failli à l'honneur.

Il faisait sombre dans la salle et, d'instant en instant, l'obscurité se faisait plus dense.

Du regard, Harry Dickson fit le tour de la salle et vit que, tout comme l'hôtel de ville de Marlwood, elle n'était éclairée ni à l'électricité ni au gaz. Lampes et bougies faisaient même défaut.

Le châtelain s'était levé et arpentait la pièce d'un pas lourd de vieillard, allure contrastant avec sa belle verdeur. Parfois il s'appuyait contre la muraille, comme si une sourde douleur tenaillait ses membres.

Et, soudain...

Harry Dickson et Tom Wills se levèrent en même temps, d'un bond, en poussant une même clameur de surprise.

Sir Cruckbell n'était plus là!

L'instant auparavant, ils l'avaient vu s'adosser à un pan de la bibliothèque, en face d'eux, ses yeux pâles les fixant, et tout à coup il n'y avait plus personne à cette place.

— Joués! gronda Harry Dickson. Il doit y avoir là une porte secrète qui fonctionne merveilleusement sans faire le moindre bruit! Les torches électriques, Tom!

Le jeune homme fouilla ses poches et lança une malédiction.

— J'ai perdu la mienne !

— Moi de même !

— Refaits ! Tout à l'heure en se promenant, notre hôte s'est penché sur nous, nous a frappés cordialement sur l'épaule, en nous disant que tout cela arriverait à une bonne fin ! Tudieu, les meilleurs pickpockets de Londres pourraient prendre des leçons chez ce gentilhomme dont les aïeux combattirent à Hastings !

A présent, les deux détectives erraient dans des ténèbres grandissantes. Tom Wills toucha de la main un cordon de sonnette et se mit à le tirer avec frénésie. Aucun son de cloche ne retentit.

— Tout semble avoir été prévu, mon cher, ricana Dickson. Cette sonnette a dû être sabotée à l'avance, et nous aurons beau faire, personne ne viendra. Voyons les fenêtres...

Elles ne laissaient plus filtrer, à travers leurs lourds vitraux, que de vagues lueurs de crépuscule. Harry Dickson s'efforça en vain de les ouvrir puis, de guerre lasse, il lança un presse-papiers dans l'une d'elles. Seule, une petite ouverture béa.

— Nous devrions casser ces vitraux plombés un à un, et nous en aurions jusqu'à la nuit close avant d'y avoir pratiqué une ouverture convenable, maugréa Harry Dickson.

— Confectionnons des torches ! cria Tom.

— Bravo pour avoir découvert cet œuf de Colomb, mon petit !

Au hasard, ils prirent des papiers sur la table, les tordirent et, à l'aide de leurs briquets, ils les enflammèrent...

Mais, à peine la première de ces torches éphémères s'était-elle allumée que les deux détectives s'immobilisèrent figés par une horreur sans nom.

Au loin dans le château, le vampire chantait !

Harry Dickson s'élança vers la porte et, suivi de Tom, se rua dans le corridor. Celui-ci s'ouvrit devant eux comme un océan de ténèbres que les pauvres flammèches entamaient à peine.

Au loin, la chanson tragique s'élevait maintenant avec des accents de sauvage triomphe.

— Sir Cruckbell est mort !

Dickson et Tom trébuchèrent dans une obscurité à couper au couteau, car leurs torches s'étaient rapidement consumées. Quant à leurs briquets, ils ne présentaient plus que les points rouges de leurs mèches charbonnantes.

Enfin de menues clartés voltigèrent au loin.

— Par ici ! tonna Harry Dickson.

Deux serviteurs, levant haut des chandeliers allumés, accouraient d'un pas pressé de vieillards.

— Sir Cruckbell nous a dit... commencèrent-ils.

Le détective leur arracha les chandeliers des mains et se mit à tourner en rond comme un dément, tout en proférant de sourdes menaces.

— Sir Cruckbell nous a dit que vous devriez vous rendre dans l'ancienne salle de justice du château, continua l'un des valets.

— Tout a été prévu, répéta le détective.

S'adressant aux domestiques, il reprit aussitôt :

— Montrez-nous le chemin ! Et considérez-vous comme prisonniers. Je vous arrête tous deux... A la moindre tentative de fuite, nous vous abattons.

— Bien, sir, répondit avec calme le plus âgé des valets. Nous avons obéi à notre maître. Faites de nous ce que bon vous semblera...

La salle de justice était une sorte de cave garnie de meubles lourds et sévères. Elle était brillamment éclairée par deux chandeliers à sept branches, posés sur une table noire auprès de laquelle Sir Cruckbell gisait la gorge ouverte, le visage calme.

Il y avait longtemps que le silence s'était reformé et que le vampire invisible ne chantait plus.

— Que Dieu seul soit juge ! murmura Harry Dickson, saisi d'un singulier effroi. (Puis, se tournant vers Tom :) Nous avons commis une formidable bêtise, mon garçon, en accourant ici comme des fous. Il y a vingt chances contre une pour que les plans aient été enlevés.

— En effet, maître, répondit Tom Wills. Ils ont été enlevés... mais par moi.

Harry Dickson faillit embrasser son élève.

6. Madame Prettyfield

Harry Dickson ne se coucha pas. Il travailla toute la nuit, penché sur les plans du château Cruckbell.

Quand Tom Wills ouvrit les yeux, le soleil du matin riait aux fenêtres, chassant les dernières buées matinales.

Son maître, les traits un peu tirés par l'insomnie, l'accueillit avec un bon sourire.

— Sans vous, mon cher Tom, cette horrible affaire aurait pu s'éterniser, dit-il.

— Et à présent ?

— Autant dire qu'elle est close, mon petit, bien qu'il me reste quelques courses indispensables à faire. Vous pouvez disposer de votre journée et prendre le thé chez la jolie Mrs. Norwell, à moins que vous ne lui préfériez celui de Mrs. Jameson...

Le jeune homme rougit et détourna ses regards ; le maître avait percé à jour la brève aventure provinciale, que Bob Trunch avait sarcastiquement prédite au premier jour de leur rencontre.

Le détective lança à son aide une claque aussi amicale qu'indulgente.

— Mais je retiens votre soirée, Tom, car nous la passerons au théâtre.

— Vraiment ? J'ai vu l'affiche... Il y aura de quoi s'ennuyer prodigieusement : on joue notamment une vieille pièce de guerre française, *La Ferme des fraises*. C'est d'une platitude, paraît-il !

— Les dames de Marlwood vous ont bien renseigné, répliqua Harry Dickson en riant. Si je ne me trompe, il s'agit d'un épisode de la guerre de 70, avec des coups de feu, d'héroïques lignards, et une non moins héroïque et pure jeune fille, dont le rôle sera tenu par la séduisante Jenny Prettyfield. Il faudra pourtant vous y résigner, mon garçon, car ce sera là service commandé. Et puis... vous ne serez pas tout à fait au spectacle.

On annonça Harris Spencer, le nouveau maire.

Il entra, plein de morgue.

— Eh bien, monsieur Dickson, qu'avez-vous à m'apprendre sur le nouveau crime qui vient d'ensanglanter notre cité, jadis si paisible ? Je me suis laissé dire que vous en avez presque été les témoins, vous et votre élève...

— Vous êtes admirablement renseigné, monsieur le maire, répondit poliment le détective.

— Et alors, monsieur Dickson ?

— Et alors... C'est tout, monsieur le maire !

Le haut fonctionnaire manqua étouffer de surprise et de colère.

— Ah, non, cela ne se passera pas comme cela avec moi !... s'écria-t-il.

— En effet, sir, car j'ai besoin de votre estimé concours. Y a-t-il de la figuration ce soir au théâtre municipal ?

— Quoi ?... Comment ?... De la figuration ?... suffoqua le digne Mr. Spencer.

— Oui, de la figuration. Des soldats français par exemple, de beaux et solides pioupious en vareuse bleue et pantalon garance, comme au temps d'avant-guerre, dit innocemment Harry Dickson. Je me suis laissé dire que ce rôle sera assumé par les agents de police de Marlwood, autorisés à gagner ainsi quelques shillings supplémentaires...

— Et quand cela serait, monsieur ? Si cette autorisation leur est accordée par le conseil communal...

— Mais tout est au mieux dans le meilleur des mondes, monsieur le maire. Ces policiers, soldats d'un soir, tireront au cours de la pièce pas mal de coups de feu à blanc. Mais, par exception, voulez-vous les prier de se munir, ce soir, de leurs revolvers d'ordonnance, chargés à balles ?

— Je ne comprends rien à cette fantaisie, dans laquelle vous semblez vouloir verser trop souvent, et je ne crois pas devoir accéder à votre demande...

Le ton du détective changea, devint dur et tranchant.

— Si vous ne donnez pas ces ordres sur l'heure, monsieur le maire, tout en enjoignant à vos services la plus stricte discrétion, j'userai de l'unique téléphone de Marlwood pour me mettre en communication avec M. le ministre de l'Intérieur et le prier, fort de mes droits, de vous suspendre immédiatement de vos fonctions de maire. Est-ce assez clair? Je regrette de ne pas avoir davantage de temps à vous consacrer... Tom, reconduisez monsieur!

Quand Spencer fut parti, tout penaud et fort en peine, le détective prit chapeau et manteau.

— Rendez-vous ici, à cinq heures, Tom, dit-il. Je serai donc absent pendant la plus grande partie de la journée... Bien le bonjour à Mrs. Norwell ou à Mrs. Jameson... Au revoir!

— Je ne donnerais plus deux sous pour la peau, ou la liberté, du Vampire qui Chante, murmura Tom Wills en voyant son maître s'éloigner. Cette fois encore, Harry Dickson est lancé sur la bonne piste, et il ne l'abandonnera plus.

Le jeune homme, heureux comme un roi en sentant le triomphe si proche, passa une journée charmante. Il déjeuna chez les Norwell, prit le thé chez les Jameson, mais fut exact au rendez-vous, malgré les soupirs de la belle Mrs. Jameson, et le cartel du salon dont les aiguilles avaient été reculées à dessein par l'astucieuse belle.

Harry Dickson était déjà arrivé à l'Hostellerie de la Tour et, enfermé dans sa chambre, déballait de volumineux paquets.

— Comment, vous allez faire vous-même votre cuisine, maître? s'écria Tom Wills en voyant que le détective étalait sur la table des lapins fraîchement écorchés, une large casserole et un petit réchaud à alcool.

Le détective fit un signe mystérieux et cligna de l'œil.

— Un ragoût de sorcière, Tom, digne d'un véritable sabbat et dont vous serez le cuisinier. Oyez la recette, mon jeune ami!

Dickson eut une longue conférence avec son élève, et

quand il eut fini de parler, Tom Wills resta encore tout un temps assis sur sa chaise, les bras ballants, les yeux ronds de stupeur.

Le théâtre municipal de Marlwood ne pouvait certes être comparé à une scène illustre. Le papier jaune de la tapisserie s'en allait par endroits, le velours des banquettes était râpé à souhait et luisait à la suite d'un long usage. Un lustre à gaz y dispensait une lumière verdâtre, sans éclat. Des galeries supérieures, hantées par les petites gens de la cité, descendait une âcre odeur de victuailles et de sueur.

Devant un rideau aux teintes fanées, se démenait un maigre chef d'orchestre auquel obéissaient, tant bien que mal, un double quatuor de violons criards et un piano aux notes fêlées.

Les distractions sont rares à Marlwood ; aussi le théâtre y est-il fréquenté aussi bien aux jours de canicule qu'en plein hiver, et il est bien rare d'y voir un strapontin vide.

Dans les loges, les lorgnettes étincelaient, fixant chaque nouvel arrivant, et la salle s'emplissait alors d'un bruit de volière en folie.

Quand Harry Dickson prit place aux fauteuils d'orchestre, toutes les jumelles se braquèrent instantanément sur lui et, pour de longues minutes, le spectacle fut dans la salle, le célèbre détective en faisait les frais. Enfin les violons se mirent à pleurnicher dans l'ombre, le piano fut plaqué de virulents accords et le chef d'orchestre fit des gestes de moulin à vent. Une marche joyeuse et guerrière entraîna les spectateurs au doux pays de France, hélas meurtri par la cruelle guerre de 70.

Sur scène, une accorte fermière défendait sa vertu contre les basses tentations de l'envahisseur teuton.

En une suite de couplets finissant en retentissants coups de gueule, Jenny Prettyfield, patronne de la jolie Ferme des Fraises, faisait savoir à l'Oberstleutnant von Schminck qu'elle ne donnerait son cœur et sa main qu'à un combattant français.

On arriva ainsi à la fin du deuxième acte ; le rideau se

baissa et fut relevé à trois reprises sur un final pathétique. La fermière venait d'apprendre que, le lendemain à l'aube, elle serait passée par les armes devant la porte de sa chère ferme, et elle lançait un adieu déchirant à sa patrie et à ses belles fraises.

Troisième et dernier acte : le public ne se tenait plus d'impatience !

Pour la dernière fois, Jenny Prettyfield a repoussé les avances de l'officier allemand. Mais, déjà, dans la plaine, retentissent les coups de fusil des éclaireurs français. L'ennemi est repoussé, les pioupious de France vont se lancer à l'assaut, l'arme blanche au poing.

Von Schminck brandit un sabre sinistre.

Mais la fermière veut mourir les yeux non bandés, et pour dernière faveur elle demande qu'on lui laisse chanter sa chanson d'adieu...

Le public haletait et, dans ce public, l'homme le moins angoissé n'était pas Harry Dickson... Ses mains s'agitaient convulsivement, ses lèvres se crispaient, ses yeux brûlaient d'une fièvre intense.

Le peloton d'exécution levait ses fusils... et Jenny chanta :

Adieu, ma douce patrie
Adieu ma ferme, ma prairie...

Et quoi ?...

Le public est debout dans un seul cri de terreur.

Ce n'est plus Jenny Prettyfield qui chante à présent... Derrière les coulisses un autre chant s'élève, merveilleux, formidable.

— Le Vampire qui Chante !

La panique va souffler dans la salle. Mais, soudain, une voix tonne au-dessus des flonflons de l'orchestre, au-dessus de la mêlée horrifiée : la voix d'Harry Dickson.

— Que personne ne quitte sa place. L'ère des crimes est finie ! Le vampire ne peut plus rien contre vous !

Il bondit dans l'orchestre, franchit la rampe lumineuse, se rue sur la scène où il est aussitôt entouré par un groupe de soldats français, revolver au poing.

Où est l'héroïque Jenny Prettyfield ? On ne la voit plus ; les fusils des bourreaux allemands visent le vide.

Mais le détective semble n'en avoir cure. Il jette un ordre bref :

— Dans les caves, et au pas de gymnastique !

Le détective et les figurants bousculent des artistes, renversent des praticables, crèvent des toiles.

Soudain, un cri effroyable monte des sous-sols du théâtre et, presque aussitôt, le chant du monstre inconnu s'élève dans une note de triomphe inouï.

— Malheur ! rugit Harry Dickson. Il a tué !...

Il dévale un escalier de pierre menant aux sous-sols. Un homme se dresse devant lui. Les policiers-figurants poussent un cri de terreur et lèvent leurs armes.

L'homme a les mains rouges de sang. C'est Tom Wills.

— Ne tirez pas ! crie Harry Dickson. Et ne vous effrayez pas, ce n'est que du sang de lapin !

Ils ont atteint la dernière marche de l'escalier, traversent un corridor éclairé par un minuscule papillon de gaz. Un autre escalier est là, menant à un petit caveau éclairé par une lanterne fumeuse.

— Attention ! rugit le détective, s'IL bouge, tirez tous, et visez à la tête. Il est redoutable !...

Mais IL ne bouge pas.

IL !... C'est un homme formidable, aux yeux fous, à la chevelure hirsute, à la barbe broussailleuse. Il fait des mouvements terribles pour se dégager, mais il n'y parvient pas, car il est enchaîné à la muraille.

Devant lui, Jenny Prettyfield est étendue, morte, les cheveux blonds épars, la tête fracassée.

— Voici enfin le Vampire qui Chante, messieurs, dit Harry Dickson. Ce démon possède une voix d'archange.

Tout à coup, un cri déchirant se fait entendre, et un homme en larmes se précipite au bas des escaliers, en hurlant et en élevant vers le détective des mains suppliantes.

— Au nom du Seigneur, Dickson, ne le tuez pas ! C'est mon fils !

Le nouveau venu était Robert Trunch.

7. Monsieur Robert Trunch

— Pauvre homme ! murmura le détective. Votre punition est terrible...

Il poussa un carafon de brandy vers le journaliste écroulé dans un fauteuil, mais Trunch refusa d'un signe de tête.

Ils étaient réunis dans la chambre du détective à l'Hostellerie de la Tour, Harry Dickson, Tom Wills et Trunch. Dickson avait défendu sa porte à qui que ce soit.

— J'avais étudié les plans du château de Sir Cruckbell, dit le détective. C'était l'ancienne forteresse de Marlwood, au temps des guerres du Moyen Age. Comme tous les manoirs du genre, il communiquait par des chemins souterrains avec des endroits fort éloignés de la ville. L'un débouchait dans la Combe du Geai, l'autre à la Mare Bleue, un troisième dans le château forestier même des Cruckbell.

— Oui, murmura le journaliste.

— Je les ai explorés tous ce matin même, continua Harry Dickson. Ils étaient parfaitement entretenus.

— Comment êtes-vous parvenu à savoir ?... interrogea Trunch d'une voix éteinte.

— J'ai trouvé pourquoi le malheureux fou, qu'on appelait le vampire, chantait.

— Quand il avait tué, n'est-ce pas ? demanda Tom Wills.

— Pas du tout... C'est là une de mes erreurs d'avoir cru cela au début : il chantait quand il sentait l'odeur du sang chaud !

» Et c'est pour cette raison que nous l'entendîmes immédiatement après la mort du juge Taylor, dont il sentit, comme un fauve qu'il est, le sang répandu. C'est également ce qui amena le signal d'aujourd'hui. Caché dans les caves du théâtre, Tom Wills a fait chauffer du sang de lapin sur un réchaud à alcool. Le vampire a chanté dès que les premiers effluves lui sont parvenus. Jenny a couru vers lui pour le faire taire ; il l'a tuée...

— Saviez-vous qu'il était là ? demanda le journaliste.

— Je savais que le théâtre, lui aussi, communiquait souterrainement avec le château. Et je savais, par la découverte de nombreuses empreintes et de quelques objets perdus dans les couloirs secrets, qui conduisait le monstre vers ses victimes !

— Hélas ! gémit Bob Trunch en se couvrant le visage.

— Je crois vous en avoir assez dit, mon pauvre ami, continua le détective. Voulez-vous parler à présent ?

Cette fois, le journaliste ne refusa pas le secours d'un puissant verre d'alcool. Il but une longue rasade, ce qui parut lui donner quelque force.

— Jenny Prettyfield et moi nous sommes connus à Londres, au temps de notre jeunesse. J'étais étudiant, elle était une petite artiste dans un théâtre populaire de Drury Lane. Je l'aimais... Je l'ai épousée...

» Notre fils Alexandre naquit... Il était idiot.

» Dès sa prime enfance, nous connûmes la malédiction qui s'était abattue sur ce pauvre être. Grand, puissant, doué d'une force quasi inhumaine, il ne prenait plaisir qu'à la vue du sang. Il chantait alors. Je crois que Jenny s'en serait débarrassée d'une façon ou d'une autre, si elle n'avait été captivée par cette voix surhumaine, divine !

» Nous le gardâmes près de nous, essayant autant que possible de cacher son effroyable manie, ce qui nous obligea à des déplacements très fréquents. L'enfant grandit. J'eus quelque chance dans le journalisme. Je gagnais de l'argent, et je travaillais avec ardeur pour lui, mon fils.

» Je vous dis que je l'aimais, pour deux, car sa mère se révéla bientôt telle qu'elle était : volage, immorale, dissipée.

» Un jour elle nous quitta.

» Vers la même époque, je parvins à rendre un service signalé à Sir Cruckbell, et j'osai lui raconter ma vie et mes malheurs.

» C'était un homme sombre et taciturne, mais d'un grand cœur. Il me fit venir à Marlwood, m'y laissa monter un journal qui marcha très bien. Il donna asile à mon fils dans son château sans que personne, ses dévoués serviteurs exceptés, en sût quelque chose.

» Des années d'un bonheur relatif s'écoulèrent, quand tout à coup Jenny Prettyfield reparut. Elle exigea sa place au foyer, mais je lui expliquai que ce serait la ruine de ma carrière et de nouveau la misère, si la ville puritaine de Marlwood devait être au courant de notre union, car la réputation de mon épouse était exécrable.

» Néanmoins, Dickson, je l'aimais toujours. N'était-elle pas la mère de mon fils ? Grâce à l'argent de Sir Cruckbell, elle put obtenir à bail le théâtre municipal, dont le bâtiment appartenait d'ailleurs au noble gentilhomme.

» Grâce à son talent, car elle en avait réellement, elle acquit bientôt une situation enviée à Marlwood.

» Nous aurions pu être heureux, mais les mauvais penchants étaient loin d'être éteints chez Jenny.

» Et, ici, nous en arrivons au drame, au grand drame de ma vie.

» Cette âme de sirène parvint à séduire l'austère Sir Cruckbell. Il devint son amant. Il se reprocha d'ailleurs cette faute toute sa vie, souffrant dans son âme d'homme profondément religieux. Mais Jenny, la sorcière, le tenait. Elle fit mieux...

Trunch s'interrompit et eut de nouveau recours au brandy, puis il reprit :

— Elle parvint à se faire coucher sur le testament de Sir Cruckbell. Mais les années avaient marché, et soudain un scandale fut bien près d'éclater : Jenny ne s'était pas tenue à sa liaison avec le gentilhomme, mais en avait noué d'autres avec plusieurs notables de la ville.

— Jinkle, Lorman, le juge Taylor, Tapple et Coriss, le seul ayant échappé à la mort qui frappa si horriblement les autres, dit Harry Dickson.

Le journaliste approuva de la tête.

— Et tous ces hommes devinrent à un tel point amoureux d'elle qu'ils lui proposèrent tous le mariage, continua-t-il d'une voix déchirante. Et elle le promit à tous!

» Je ne dois pas vous cacher, Dickson, qu'elle tirait de ses amants de très fortes sommes, ce qui alla même jusqu'à ruiner deux d'entre eux, qui moururent les premiers d'ailleurs.

» C'est alors qu'elle sentit que cela ne pouvait durer.

» Elle décida de supprimer ces êtres gênants, d'autant plus que certains, se fâchant, et probablement étant venus à connaître sa vie en partie double, menaçaient de tout dévoiler. Alors, ce serait le scandale, la mise au ban de toute la ville, son départ exigé — car on ne plaisante pas avec ce genre de choses à Marlwood — et sa radiation du testament de Sir Cruckbell.

» Jenny décida de supprimer les gêneurs et, pour cela, elle usa de l'effroyable manie de notre fils. Elle l'enleva du château des Cruckbell et l'enferma dans les souterrains du théâtre. Elle encouragea son goût du meurtre en le faisant jouer avec le sang répandu. D'ailleurs, elle le maltraitait et était parvenue à se faire craindre de lui. Ne l'avait-elle pas voué au plus horrible des cachots? Par les couloirs secrets, elle le conduisait vers les endroits de la forêt où elle avait rendez-vous avec ses victimes.

— Mais vous?... commença Tom Wills.

— Je l'aimais! Je l'aimais! Je suis un homme si faible sous mes frustes et agressifs dehors! sanglota Trunch.

— Mais Tapple, Taylor et Cruckbell devaient savoir, dit Harry Dickson.

— Oui, mais c'étaient des hommes d'honneur... Et puis, tout comme moi, ils l'aimaient profondément et n'auraient pas voulu l'envoyer à l'échafaud. Ils ont préféré mourir. Seul Coriss, qui est un être assez vil, a dû tout ignorer, et c'est sans doute ce qui l'a sauvé. Du reste il était le plus riche et le plus généreux.

— Mais pourquoi ne vous a-t-elle pas tué, vous aussi? demanda Tom Wills.

Le journaliste eut un pauvre sourire.

— Malgré tout elle m'aimait, à sa façon. Et puis, qui vous dit qu'elle n'était pas décidée à le faire? Mais elle devait attendre ! Sir Cruckbell aurait peut-être pardonné la mort de ses amants, mais il ne l'aurait pas absoute du meurtre de son époux, du père de son enfant. Car, à la longue, le noble gentilhomme s'était attaché au malheureux dément, jusqu'à accepter presque joyeusement de mourir de ses mains !

Librio
Le livre à 10 F
190

Achevé d'imprimer en Europe
à Pössneck (Thuringe, Allemagne)
en septembre 1997 pour le compte de EJL
84, rue de Grenelle 75007 Paris
Dépôt légal septembre 1997

Diffusion France et étranger : Flammarion